LE

MARIAGE DE LOTI

PARIS. — Typographie Charles UNSINGER, 83, rue du Bac.

LE
MARIAGE DE LOTI

— RARAHU —

PAR L'AUTEUR

D'AZIYADÉ

DEUXIÈME ÉDITION

PARIS

CALMANN LÉVY, ÉDITEUR

ANCIENNE MAISON MICHEL LÉVY FRÈRES

RUE AUBER, 3, ET BOULEVARD DES ITALIENS, 15

A LA LIBRAIRIE NOUVELLE

—

1880

A

Mlle SARAH BERNHARDT

MADAME,

A vous qui brillez tout en haut, l'auteur très obscur d'*Aziyadé* dédie humblement ce récit sauvage.

Il lui semble que votre nom laissera tomber sur ce livre un peu de son grand charme poétique.

L'auteur était bien jeune lorsqu'il a écrit ce livre ; il le met à vos pieds, Madame, en vous demandant beaucoup, beaucoup d'indulgence. . . . .

. . . .

-RARAHU

« E hari te fau,
E toro te faaro,
E nau te taata. »

Le palmier croîtra
Le corail s'étendra,
Mais l'homme périra.
(Vieux dicton de la Polynésie.)

RARAHU

PREMIÈRE PARTIE

I

PAR PLUMKET, AMI DE LOTI.

Loti fut baptisé le 25 janvier 1872, à l'âge de vingt-deux ans et onze jours.

Lorsque la chose eut lieu, il était environ une heure de l'après-midi, à Londres et à Paris.

Il était à peu près minuit, en dessous, sur l'autre face de la boule terrestre, dans les jardins de la feue reine Pomaré, où la scène se passait.

En Europe, c'était une froide et triste journée d'hiver. En dessous, dans les jardins de la reine, c'était le calme, l'énervante langueur d'une nuit d'été.

Cinq personnes assistaient à ce baptême de Loti, au milieu des mimosas et des orangers, dans une atmosphère chaude et parfumée, sous un ciel tout constellé d'étoiles australes.

C'étaient : Ariitéa, princesse du sang, Faïmana et Téria, suivantes de la reine, Plumket et Loti, midshipmen de la marine de S. M. Britannique.

Loti qui, jusqu'à ce jour, s'était appelé Harry Grant, conserva ce nom, tant sur les registres de l'état civil que sur les rôles de la marine royale, mais l'appellation de Loti fut généralement adoptée par ses amis.

La cérémonie fut simple ; elle s'acheva sans longs discours, ni grand appareil.

Les trois Tahitiennes étaient couronnées de fleurs naturelles, et vêtues de tuniques de mousseline rose, à traînes. Après avoir inutilement essayé de prononcer les noms barbares d'Harry Grant et de Plumket, dont les sons durs révoltaient leurs gosiers maoris, elles décidèrent de les désigner par les mots *Rémuna* et *Loti*, qui sont deux noms de fleurs.

Toute la cour eut le lendemain communication de cette décision, et *Harry Grant* n'exista plus en Océanie, non plus que *Plumket* son ami.

Il fut convenu en outre que les premières notes de la chanson indigène : « Loti tai-mané, etc... » chantées discrètement la nuit aux abords du palais, signifieraient : « Rémuna est là, ou Loti, ou tous deux ensemble ; ils prient leurs amies de se rendre à leur appel, ou tout au moins de venir sans bruit leur ouvrir la porte des jardins..... »

. . . .

II

NOTE BIOGRAPHIQUE SUR RARAHU, DUE AUX SOUVENIRS DE PLUMKET.

Rarahu naquit au mois de janvier 1858, dans l'île de Bora-Bora, située par 16° de latitude australe, et 154° de longitude ouest.

Au moment où commence cette histoire, elle venait d'accomplir sa quatorzième année.

C'était une très singulière petite fille, dont le charme pénétrant et sauvage s'exerçait en dehors de toutes les règles conventionnelles de beauté qu'ont admises les peuples d'Europe.

Toute petite, elle avait été embarquée par sa mère sur une longue pirogue voilée qui faisait route pour Tahiti. Elle n'avait conservé de son île perdue que le souvenir du grand morne effrayant qui la surplombe. La silhouette de ce géant de basalte, planté comme une borne monstrueuse au milieu du Pacifique, était restée dans sa tête, seule image de sa patrie. Rarahu la reconnut plus tard, avec une émotion bizarre, dessinée dans les albums de Loti ; ce fait fortuit fut la cause première de son grand amour pour lui.

III

D'ÉCONOMIE SOCIALE.

La mère de Rarahu l'avait amenée à Tahiti, la grande île, l'île de la reine, pour l'offrir à une très vieille femme du district d'Apiré qui était sa parente éloignée. Elle obéissait ainsi à un usage ancien de la race maorie, qui veut que les enfants restent rarement auprès de leur vraie mère. Les mères adoptives, les pères adoptifs (*faa amu*) sont là-bas les plus nombreux, et la famille s'y recrute au hasard. Cet échange traditionnel des enfants est l'une des originalités des mœurs polynésiennes.

IV

HARRY GRANT (LOTI AVANT LE BAPTÊME), A SA SŒUR, A BRIGHTBURY, COMTÉ DE YORK-SHIRE (ANGLETERRE).

Rade de Tahiti, 20 janvier 1872.

« Ma sœur aimée,

» Me voici devant cette île lointaine que chérissait notre frère, point mystérieux qui fut longtemps le lieu des rêves de mon enfance. Un désir étrange d'y venir n'a pas peu contribué à me pousser vers ce métier de marin qui déjà me fatigue et m'ennuie.

» Les années ont passé et m'ont fait homme. Déjà j'ai couru le monde, et me voici enfin devant l'île rêvée. Mais je n'y trouve plus que tristesse et amer désenchantement.

» C'est bien Papeete, cependant; ce palais de la reine, là-bas, sous la verdure, cette baie aux grands palmiers, ces hautes montagnes aux silhouettes dentelées, c'est bien tout cela qui était connu. Tout cela, depuis dix ans je l'avais vu, dans ces dessins jaunis par la mer, poétisés par l'énorme distance, que nous envoyait Georges; c'est bien ce coin du monde dont nous parlait avec amour notre frère qui n'est plus...

» C'est tout cela, avec le grand charme en moins, le charme des illusions indéfinies, des impressions vagues et fantastiques de l'enfance... Un pays comme tous les autres, mon Dieu, et moi, Harry, qui me retrouve là, le même Harry qu'à Brightbury, qu'à Londres, qu'ailleurs, si bien qu'il me semble n'avoir pas changé de place.....

» Ce pays des rêves, pour lui garder son prestige, j'aurais dû ne pas le toucher du doigt.

» Et puis ceux qui m'entourent m'ont gâté mon Tahiti, en me le présentant à leur manière ; ceux qui traînent partout leur personnalité banale, leurs idées terre à terre, qui jettent sur toute poésie leur bave moqueuse, leur propre insensibilité, leur propre ineptie. La civilisation y est trop venue aussi, notre sotte civilisation coloniale, toutes nos conventions, toutes nos habitudes, tous nos vices, et la sauvage poésie s'en va, avec les coutumes et les traditions du passé. .   .   .   .

.   .   .   .

» Tant est que, depuis trois jours que le *Rendeer* a jeté l'ancre devant Papeete, ton frère Harry a gardé le bord, le cœur serré, l'imagination déçue. .   .   .   .

.   .   .   .

» John, lui, n'est pas comme moi, et je crois que déjà ce pays l'enchante ; depuis notre arrivée je le vois à peine.

» Il est d'ailleurs toujours ce même ami fidèle et sans reproche, ce même bon et tendre frère, qui veille sur moi comme un ange gardien et que j'aime de toute la force de mon cœur. .   .

.   .   .   . »

V

Rarahu était une petite créature qui ne ressemblait à aucune autre, bien qu'elle fût un type accompli de cette race *maorie* qui peuple les archipels polynésiens et passe pour une des plus belles du monde ; race distincte et mystérieuse, dont la provenance est inconnue.

Rarahu avait des yeux d'un noir roux, pleins d'une langueur exotique, d'une douceur câline, comme celle des jeunes chats quand on les caresse ; ses cils étaient si longs, si noirs qu'on les eût pris pour des plumes peintes. Son nez était court et fin, comme celui de certaines figures arabes ; sa bouche, un peu plus épaisse, un peu plus fendue que le type classique, avait des coins profonds, d'un contour délicieux. En riant, elle découvrait jusqu'au fond des dents un peu larges, blanches comme de l'émail blanc, dents que les années n'avaient pas eu le temps de beaucoup polir, et qui conservaient encore les stries légères de l'enfance. Ses cheveux, parfumés au sandal, étaient longs, droits, un peu rudes ; ils tombaient en masses lourdes sur ses rondes épaules nues. Une même teinte fauve tirant sur le rouge-brique, celle des terres cuites claires de la vieille Etrurie, était répandue sur tout son corps, depuis le haut de son front jusqu'au bout de ses pieds.

Rarahu était de petite taille, admirablement prise, admirablement proportionnée ; sa poitrine était pure et polie, ses bras avaient une perfection antique.

Autour de ses chevilles, de légers tatouages bleus, simulant des bracelets ; sur la lèvre inférieure, trois petites raies bleues transversales, imperceptibles, comme les femmes des Marquises ; et, sur le front, un tatouage plus pâle, dessinant un diadème. Ce qui surtout en elle caractérisait sa race, c'était le rapprochement excessif de ses yeux, à fleur de tête comme tous les yeux maoris ; dans les moments où elle était rieuse et gaie, ce regard donnait à sa figure d'enfant une finesse maligne de jeune ouïstiti ; alors qu'elle était sérieuse ou triste, il y avait quelque chose en elle qui ne pouvait se mieux définir que par ces deux mots : une grâce polynésienne.

VI

La cour de Pomaré s'était parée pour une demi-réception, le jour où je mis pour la première fois le pied sur le sol tahitien. — L'amiral anglais du *Rendeer* venait faire sa visite d'arrivée à la souveraine (une vieille connaissance à lui) — et j'étais allé, en grande tenue de service, accompagner l'amiral.

L'épaisse verdure tamisait les rayons de l'ardent soleil de deux heures ; tout était tranquille et désert dans les avenues ombreuses dont l'ensemble forme Papeete, la ville de la reine. — Les cases à vérandas, disséminées dans les jardins, sous les grands arbres, sous les grandes plantes tropicales, — semblaient, comme leurs habitants, plongées dans le voluptueux assoupissement de la sieste. — Les abords de la demeure royale étaient aussi solitaires, aussi paisibles.....

Un des fils de la reine, — sorte de colosse basané qui vint en habit noir à notre rencontre, nous introduisit dans un salon aux volets baissés, où une douzaine de femmes étaient assises, immobiles et silencieuses.....

Au milieu de cet appartement deux grands fauteuils dorés étaient placés côte à côte. — Pomaré, qui en occupait un, invita l'amiral à s'asseoir dans le second, tandis qu'un interprète échangeait entre ces deux anciens amis des compliments officiels.

Cette femme, dont le nom était mêlé jadis aux rêves exotiques de mon enfance, m'apparaissait vêtue d'un long fourreau de soie rose, sous les traits d'une vieille créature au teint cuivré, à la tête impérieuse et dure. — Dans sa massive laideur de vieille femme, on pouvait démêler encore quels avaient pu être les attraits et le prestige de sa jeunesse, dont les navigateurs d'autrefois nous ont transmis l'original souvenir.

Les femmes de sa suite avaient, dans cette pénombre d'un appartement fermé, dans ce calme silence du jour tropical, un charme indéfinissable. — Elles étaient belles presque toutes, de la beauté tahitienne : des yeux noirs, chargés de langueur, et le teint ambré des gitanos. — Leurs cheveux dénoués étaient mêlés de fleurs naturelles et leurs robes de gaze traînantes, libres à la taille, tombaient autour d'elles en longs plis flottants.

C'était sur la princesse Ariitéa surtout, que s'arrêtaient involontairement mes regards : Ariitéa à la figure douce, réfléchie, rêveuse, avec de pâles roses du Bengale, piquées au hasard dans ses cheveux noirs.....

VII

Les compliments terminés, l'amiral dit à la reine :

— « Voici Harry Grant que je présente à Votre Majesté ; il est le frère de Georges Grant, un officier de marine, qui a vécu quatre ans dans votre beau pays. »

L'interprète avait à peine achevé de traduire, que Pomaré me tendit sa main ridée ; un sourire bon enfant, qui n'avait plus rien d'officiel, éclaira sa vieille figure :

— « Le frère de Rouéri ! dit-elle, en désignant mon frère par son nom tahitien. — Il faudra revenir me voir... » — Et elle ajouta en anglais : « Welcome ! » (Bienvenu !) ce qui parut une faveur toute spéciale, la reine ne parlant jamais d'autre langue que celle de son pays.

— « Welcome! » dit aussi la reine de Bora-Bora, qui me tendit la main, en me montrant dans un sourire ses longues dents de cannibale.....

Et je partis charmé de cette étrange cour.....

VIII

Rarahu n'avait guère quitté depuis sa petite enfance, la case de sa vieille mère adoptive, qui habitait dans le district d'Apiré, au bord du ruisseau de Fataoua.

Ses occupations étaient fort simples : la rêverie, le bain, le bain surtout ; — le chant et les promenades sous bois, en compagnie de Tiahoui, son inséparable petite amie.— Rarahu et Tiahoui étaient deux insouciantes et rieuses petites créatures qui vivaient presque entièrement dans l'eau de leur ruisseau; où elles sautaient et s'ébattaient comme deux poissons-volants.

IX

Il ne faudrait pas croire cependant que Rarahu fût sans érudition ; elle savait lire dans sa
bible tahitienne, et écrire, avec une grosse écriture très ferme, les mots doux de la langue
maorie ; elle était même très forte sur l'ortho-
graphe conventionnelle fixée par les frères
Picpus, — lesquels ont fait, en caractères latins,
un vocabulaire des mots polynésiens.

Beaucoup de petites filles dans nos campagnes
d'Europe sont moins cultivées assurément que
cette enfant sauvage. — Mais il avait fallu que
cette instruction, prise à l'école des missionnaires de Papeete, lui eût peu coûté à acquérir,
car elle était fort paresseuse.

X

En tournant à droite dans les broussailles,
quand on avait suivi depuis une demi-heure le

chemin d'Apiré, on trouvait un large bassin
naturel, creusé dans le roc vif. — Dans ce bassin,
le ruisseau de Fataoua se précipitait en cascade,
et versait une eau courante, d'une exquise fraîcheur.

Là, tout le jour, il y avait société nombreuse ;
sur l'herbe, on trouvait étendues les belles jeunes femmes de Papeete, qui passaient les chaudes journées tropicales à causer, chanter, dormir,
ou bien encore à nager et à plonger, comme des
dorades agiles. — Elles allaient à l'eau vêtues de
leurs tuniques de mousseline, et les gardaient
pour dormir, toutes mouillées sur leur corps,
comme autrefois les naïades.

Là, venaient souvent chercher fortune les
marins de passage ; là trônait Tétouara la négresse ; — là se faisait à l'ombre une grande
consommation d'oranges et de goyaves.

Tétouara appartenait à la race des Kanaques
noirs de la Mélanésie. — Un navire qui venait
d'Europe, l'avait un jour prise à mille lieues de
là, dans une île avoisinant la Calédonie, et l'avait
déposée à Papetee, où elle faisait l'effet d'une
personne du Congo que l'on aurait égarée parmi
des misses anglaises.

Tétouara avec une inépuisable belle humeur, une gaieté simiesque, une impudeur absolue entretenait autour d'elle le bruit et le mouvement. Cette propriété de sa personne la rendait précieuse à ses nonchalantes compagnes; elle était une des notabilités du ruisseau de Fataoua.....

XI

PRÉSENTATION.

— Ce fut vers midi, un jour calme et brûlant, que pour la première fois de ma vie j'aperçus ma petite amie Rarahu. Les jeunes femmes tahitiennes habituées du ruisseau de Fataoua, accablées de sommeil et de chaleur, étaient couchées tout au bord, sur l'herbe, les pieds trempant dans l'eau claire et fraîche. — L'ombre de l'épaisse verdure descendait sur nous, verticale et immobile; de larges papillons d'un noir de velours, marqués de grands yeux couleur scabieuse, volaient lentement, ou se posaient sur nous, comme si leurs ailes soyeuses eussent été

trop lourdes pour les enlever ; l'air était chargé
de senteurs énervantes et inconnues ; tout doucement je m'abandonnais à cette molle existence, je me laissais aller aux charmes de
l'Océanie.....

Au fond du tableau, tout à coup des broussailles de mimosas et de goyaviers s'ouvrirent,
on entendit un léger bruit de feuilles qui se
froissent, — et deux petites filles parurent, examinant la situation avec des mines de souris qui
sortent de leurs trous.

Elles étaient coiffées de couronnes de feuillage, qui garantissaient leur tête contre l'ardeur
du soleil ; leurs reins étaient serrés dans des
pareos (pagnes) bleu foncé à grandes raies jau-
nes ; leurs torses fauves étaient sveltes et nus ;
leurs cheveux noirs, longs et dénoués... Point
d'Européens, point d'étrangers, rien d'inquiétant
en vue... Les deux petites, rassurées, vinrent se
coucher sous la cascade qui se mit à s'épivarder
bruyamment autour d'elles.....

La plus jolie des deux était Rarahu ; l'autre,
Tiahoui, son amie et sa confidente.....

Alors Tétouara, prenant rudement mon bras,

ma manche de drap bleu marine sur laquelle brillait un galon d'or, — l'éleva au-dessus des herbes dans lesquelles j'étais enfoui, — et la leur montra avec une intraduisible expression de bouffonnerie, en l'agitant comme un épouvantail.

— Les deux petites créatures, comme deux moineaux auxquels on montre un babouin, se sauvèrent terrifiées, — et ce fut là notre présentation, notre première entrevue.....

XII

Les renseignements qui me furent sur-le-champ fournis par Tétouara se résumaient à peu près à ceci :

— Ce sont deux petites sottes qui ne sont pas comme les autres, et ne font rien comme nous toutes. — La vieille Huamahine qui les garde est une femme à principes, qui leur défend de se commettre avec nous.

Elle, Tétouara, eût été personnellement très satisfaite si ces deux petites filles se fussent laissé apprivoiser par moi; elle m'engageait très vivement à tenter cette aventure.

Pour les retrouver, il suffisait, d'après ses
indications, de suivre sous les goyaviers un imperceptible sentier qui au bout de cent pas con-
duisait à un bassin plus élevé que le premier et
moins fréquenté aussi. — Là, disait-elle, le
ruisseau de Fataoua se répandait encore dans un
creux de rocher qui semblait fait tout exprès
pour le tête-à-tête de deux ou trois personnes
intimes. — C'était la salle de bain particulière
de Rarahu et de Tiahoui ; on pouvait dire que
là s'était passée toute leur enfance.....

C'était un recoin tranquille, au-dessus duquel
faisaient voûte de grands arbres à pain aux
épaisses feuilles, — des mimosas, des goyaviers
et de fines sensitives... L'eau fraîche y bruissait
sur de petits cailloux polis ; on y entendait de
très loin, et perdus en murmure confus, les bruits
du grand bassin, les rires des jeunes femmes et
la voix de crécelle de Tétouara.....

XIII

. . . .

« — Loti, me disait un mois plus tard la reine

Pomaré, de sa grosse voix rauque — Loti, pourquoi n'épouserais-tu pas la petite Rarahu du
district d'Apiré ?... Cela serait beaucoup mieux,
je t'assure, et te poserait davantage dans le
pays..... »

C'était sous la veranda royale, que m'était
faite cette question. — J'étais allongé sur une
natte, et tenais en main cinq cartes que venait de
me servir mon amie Téria ; en face de moi était
étendue ma bizarre partenaire, la reine, qui
apportait au jeu d'écarté une passion extrême ;
elle était vêtue d'un peignoir jaune à grandes
fleurs noires, et fumait une longue cigarette de
pandanus, faite d'une seule feuille roulée sur
elle-même. Deux suivantes couronnées de jasmin marquaient nos points, battaient nos cartes,
et nous aidaient de leurs conseils, en se penchant curieusement sur nos épaules.

Au dehors, la pluie tombait, une de ces pluies
torrentielles, tièdes, parfumées, qu'amènent là-
bas les orages d'été ; les grandes palmes des cocotiers se couchaient sous l'ondée, leurs ner-
vures puissantes ruisselaient d'eau. Les nuages
amoncelés formaient avec la montagne un fond
terriblement sombre et lourd ; tout en haut de

ce tableau fantastique, on voyait percer dans le
lointain la corne noire du morne de Fataoua.
Dans l'air étaient suspendues des émanations d'o-
rage qui troublaient les sens et l'imagination.....

.   .   .   .

« Épouser la petite Rarahu du district d'A-
piré. » Cette proposition me prenait au dépourvu,
et me donnait beaucoup à réfléchir.....

.   .   .   .

Il allait sans dire que la reine, qui était une
personne très intelligente et sensée, ne me propo-
sait point un de ces mariages suivant les lois européennes qui enchaînent pour la vie. Elle était
pleine d'indulgence pour les mœurs faciles de
son pays, bien qu'elle s'efforçât souvent de les
rendre plus correctes et plus conformes aux
principes chrétiens.

C'était donc simplement un mariage tahitien
qui m'était offert. Je n'avais pas de motif bien
sérieux pour résister à ce désir de la reine, et la
petite Rarahu du district d'Apiré était bien charmante.....

Néanmoins, avec beaucoup d'embarras, j'allé-
guai ma jeunesse.

J'étais d'ailleurs un peu sous la tutelle de l'amiral du *Rendeer* qui aurait pu voir d'un mauvais œil cette union... Et puis un mariage est une chose fort coûteuse, même en Océanie... Et puis, et surtout, il y avait l'éventualité d'un prochain départ, — et, laisser Rarahu dans les larmes, en eût été une conséquence inévitable, et assurément fort cruelle.

Pomaré sourit à toutes ces raisons, dont aucune sans doute ne l'avait convaincue.

Après un moment de silence, elle me proposa Faïmana sa suivante, que cette fois je refusai tout net.

Alors sa figure prit une expression de fine malice, et tout doucement ses yeux se tournèrent vers Ariitéa la princesse :

—Si je t'avais offert celle-ci, dit-elle, peut-être aurais-tu accepté avec plus d'empressement, mon petit Loti ?.....

La vieille femme révélait par ces mots qu'elle avait deviné le troisième et assurément le plus sérieux des secrets de mon cœur.

Ariitéa baissa les yeux, et une nuance rose se répandit sur ses joues ambrées ; je sentis moi-même que le sang me montait tumultueusement au visage et le tonnerre se mit à rouler dans les profondeurs de la montagne, comme un orchestre formidable soulignant la situation tendue d'un mélodrame.....

Pomaré satisfaite de sa facétie riait sous cape. Elle avait mis à profit le trouble qu'elle venait d'occasionner pour marquer deux fois *té tâné* (l'homme), c'est-à-dire *le roi*.....

Pomaré, dont un des passe-temps favoris était le jeu d'écarté, était extraordinairement tricheuse, elle trichait même aux soirées officielles, dans les parties intéressées qu'elle jouait avec les amiraux ou le gouverneur, et les quelques louis qu'elle y pouvait gagner n'étaient certes pour rien dans le plaisir qu'elle éprouvait à rendre capots ses partenaires.....

XIV

Rarahu possédait deux robes de mousseline, l'une blanche, l'autre rose, qu'elle mettait alternativement le dimanche par-dessus son *pareo*

bleu et jaune, pour aller au temple des missionnaires protestants, à Papeete. Ces jours-là ses
cheveux étaient séparés en deux longues nattes
noires très épaisses; de plus, elle piquat au-
dessus de l'oreille (à l'endroit où les vieux gref-
fers mettent leur plume) une large fleur d'hibiscus, dont le rouge ardent donnait une pâleur
transparente à sa joue cuivrée.

Elle restait peu de temps à Papeete après le
service religieux, évitant la société des jeunes
femmes, les échoppes des Chinois marchands
de thé, de gâteau et de bière. Elle était très sage,
et, en donnant la main à Tiahoui, elle rentrait
à Apiré pour se déshabiller.

Un petit sourire contenu, une petite moue
discrète, étaient les seuls signes d'intelligence
que m'envoyaient les deux petites filles, quand
par hasard nous nous rencontrions dans les
avenues de Papeete.....

XV

... Nous avions déjà passé bien des heures ensemble, Rarahu et moi, au bord du ruisseau de Fataoua, dans notre salle de bain sous les goyaviers, quand Pomaré me fit l'étrange proposition d'un mariage.

— Et Pomaré, qui savait tout ce qu'elle voulait savoir, connaissait cela fort bien.

Bien longtemps j'avais hésité. — J'avais résisté de toutes mes forces, — et cette situation singulière s'était prolongée, au delà de toute vraisemblance, plusieurs jours durant : quand nous nous étendions sur l'herbe pour faire ensemble le somme de midi, et que Rarahu entourait mon corps de ses bras, nous nous endormions l'un près de l'autre, à peu près comme deux frères.

C'était une bien enfantine comédie que nous jouions là tous deux, et personne assurément ne l'eût soupçonnée. Le sentiment *« qui fit hésiter Faust au seuil de Marguerite »* éprouvé pour une fille de Tahiti, m'eût peut-être fait sourire moi-même, avec quelques années de plus ; il eût bien amusé l'état-major du « *Rendeer* », en tout cas, et m'eût comblé de ridicule aux yeux de Tétouara.....

. . . .

Les vieux parents de Rarahu, que j'avais craint

de désoler d'abord, avaient sur ces questions
des idées tout à fait particulières qui en Europe
n'auraient point cours. Je n'avais pas tardé à
m'en apercevoir.

Ils s'étaient dit qu'une grande fille de quatorze
ans n'est plus une enfant, et n'a pas été créée
pour vivre seule... Elle n'allait pas se prostituer
à Papeete, et c'était là tout ce qu'ils avaient
exigé de sa sagesse.

Ils avaient jugé que mieux valait Loti qu'un
autre, Loti très jeune comme elle, qui leur paraissait doux et semblait l'aimer,... et, après
réflexion, les deux vieillards avaient trouvé que
c'était bien.....

John lui-même, mon bien-aimé frère John,
qui voyait tout avec ses yeux si étonnamment
purs, qui éprouvait une surprise douloureuse
quand on lui contait mes promenades nocturnes
en compagnie de Faïmana dans les jardins de la
reine, — John était plein d'indulgence pour
cette petite fille qui l'avait charmé. — Il aimait
sa candeur d'enfant, et sa grande affection pour
moi ; il était disposé à tout pardonner à son
frère Harry, quand il s'agissait d'elle.....

Si bien que, quand la reine me proposa d'épouser la petite Rarahu du district d'Apiré, le mariage tahitien ne pouvait plus être entre nous deux qu'une formalité......

XVI.

CHOSES DU PALAIS.

Ariifaité, le prince-époux, jouait à la cour de Pomaré un rôle politique tout à fait effacé.

La reine, qui tenait à donner aux Tahitiens une belle lignée royale, avait choisi cet homme, parce qu'il était le plus grand et le plus beau qu'on eût pu trouver dans ses archipels. — C'était encore un magnifique vieillard à cheveux blancs, à la taille majestueuse, au profil noble et régulier.

Mais il était peu présentable, et s'obstinait à se trop peu vêtir; le simple pareo tahitien lui semblait suffisant; il n'avait jamais pu se faire à l'habit noir.

De plus il se grisait souvent ; aussi le montrait-on fort peu.

De ce mariage étaient issus de vrais géants, qui tous mouraient du même mal sans remède, comme ces grandes plantes des tropiques qui poussent en une saison et meurent à l'automne.

Tous mouraient de la poitrine, et la reine les voyait l'un après l'autre partir, avec une inexprimable douleur.

L'aîné Tamatoa, avait eu de la belle reine Moé sa femme, une petite princesse délicieusement jolie, — l'héritière présomptive du trône de Tahiti, — la petite Pomaré V, sur laquelle se portait toute la tendresse passionnée de sa grand'mère, Pomaré IV.

Cette enfant, qui en 1872 avait six ans, laissait paraître déjà les symptômes du mal héréditaire, et plus d'une fois les yeux de l'aïeule s'étaient remplis de larmes en la regardant.

Cette maladie prévue et cette mort certaine donnaient un charme de plus à cette petite créature, la dernière des Pomaré, la dernière des reines des archipels tahitiens. — Elle était aussi ravissante, aussi capricieuse que peut l'être une petite princesse malade que l'on ne contrarie jamais. L'affection qu'elle montrait pour moi, avait contribué à m'attirer celle de la reine.....

XVII

Pour arriver à parler le langage de Rarahu, — et à comprendre ses pensées, — même les plus drôles ou les plus profondes, — j'avais résolu d'apprendre la langue maorie.

Dans ce but, j'avais fait un jour à Papeete l'acquisition du dictionnaire des frères Picpus, — vieux petit livre qui n'eut jamais qu'une édition, et dont les rares exemplaires sont presque introuvables aujourd'hui.

Ce fut ce livre qui le premier m'ouvrit sur la Polynéies d'étranges perspectives, — tout un champ inexploré de rêveries et d'études.

XVIII

Au premier abord je fus frappé de la grande

quantité des mots mystiques de la vieille religion
maorie, — et puis de ces mots tristes, effrayants,
intraduisibles, — qui expriment là-bas les terreurs vagues de la nuit, — les bruits mystérieux
de la nature, les rêves à peine saisissables de l'imagination.....

Il y avait d'abord *Taaroa*, le dieu supérieur
des religions polynésiennes.

Les déesses : *Ruahine tahua*, déesse des arts et
de la prière.

Ruahine auna, déesse de la sollicitude.

Ruahine faaipu, déesse de la franchise.

Ruahine Nihonihororoa, déesse de la dissension
et du meurtre.

Romatane, le prêtre qui admet les âmes au ciel,
ou les en exclut.

Tutahoroa, la route que suivent les âmes pour
se rendre dans la nuit éternelle.

Tapaparaharaha, la base du monde.

Ihohoa, les mânes, les revenants.

Oroimatua ai aru nihonihororoa, cadavre qui
revient pour tuer et manger les vivants.

Tuitupapau, prière à un mort de ne pas revenir.

Tahurere, prier un ami mort de nuire à un ennemi.

Tii, esprit-malfaisant.

Tahutahu, enchanteur, sorcier.

Mahoi, l'essence, l'âme d'un Dieu.

Faa-fano, départ de l'âme à la mort.

Ao, monde, univers, terre, ciel, bonheur, pa-
radis, nuage, lumière, principe, centre, cœur
des choses.

Po, nuit, anciens temps, monde inconnu et
ténébreux, enfers.

... Et des mots tels que ceux-ci, pris au hasard entre mille :

Moana, abîmes de la mer ou du ciel.

Tohureva, présage de mort.

Natuaea, vision confuse et trompeuse.

Nupa nupa, obscurité, agitation morale.

Ruma-ruma, ténèbres, tristesses.

Tarehua, avoir les sens obscurcis, être vision-
naire.

Tataraio, être ensorcelé.

Tunoo, maléfice.

Ohiohio, regard sinistre.

Puhiairoto, ennemi secret.

Totoro ai po, repas mystérieux dans les ténèbres.

Tetea, personne pâle, fantôme.

Oromatua, crâne d'un parent.

Papaora, odeur de cadavre.

Tai hitoa, voix effrayante.

Tai aru, voix comme le bruit de la mer.

Tururu, bruit de bouche pour effrayer.

Oniania, vertige, brise qui se lève.

Tape tape, limite touchant aux eaux profondes.

Tahau, blanchir à la rosée.

Rauhurupe, vieux bananier; personne décré-
pite.

Tutai, nuées rouges à l'horizon.

Nina, chasser une idée triste ; enterrer.

Ata, nuage; tige de fleur ; messager ; crépuscule.

Ari, profondeur ; vide ; vague de la mer.....

. . . .

XIX

... Rarahu possédait un chat d'une grande laideur, — en qui se résumaient avant mon arrivée ses plus chères affections.

Les chats sont bêtes de luxe en Océanie, et pourtant leur race est là-bas tout à fait manquée. — Ceux qui arrivent d'Europe font souche, et sont fort recherchés.

Celui de Rarahu était une grande bête efflanquée, haute sur pattes, qui passait ses jours à dormir le ventre au soleil, ou à manger des languerottes bleues. Il s'appelait Turiri. — Ses oreilles droites étaient percées à leurs extrémités, et ornées de petits glands de soie, suivant la mode des chats de Tahiti. Cette coiffure complétait d'une manière très comique ce minois de chat, déjà fort extraordinaire par lui-même.

Il s'enhardissait jusqu'à suivre sa maîtresse au bain, et passait de longues heures avec nous, étendu dans des poses nonchalantes.

Rarahu lui prodiguait les noms les plus ten-

dres, — tels que : « *Ma petite chose très chérie* »
— et « *mon petit cœur* » (ta ú mea iti here rahi) et
(ta ú mafatu iti).

XX

. . . .

... Non, ceux-là qui ont vécu là-bas, au milieu
des filles à demi civilisées de Papeete, — qui ont
appris avec elles le tahitien facile et bâtard de la
plage, et les mœurs de la ville colonisée, — qui
ne voient dans Tahiti qu'une île voluptueuse où
tout est fait pour le plaisir des sens et la satisfac-
tion des appétits matériels, — ceux-là ne comprennent rien au charme de ce pays.....

Ceux encore, — les plus nombreux sans con-
tredit, — qui jettent sur Tahiti un regard plus
honnête et plus artiste, — qui y voient une terre
d'éternel printemps, toujours riante, poétique,
— pays de fleurs et de belles jeunes femmes, —
ceux-là encore ne comprennent pas... Le charme
de ce pays est ailleurs, et n'est pas saisissable
pour tous.....

Allez loin de Papeete, là où la civilisation n'est pas venue, là où se retrouvent sous les minces cocotiers, — au bord des plages de corail, — devant l'immense Océan désert, — les districts tahitiens, les villages aux toits de pandanus. — Voyez ces peuplades immobiles et rêveuses ; — — voyez au pied des grands arbres ces groupes silencieux, indolents et oisifs, qui semblent ne vivre que par le sentiment de la contemplation... Écoutez le grand calme de cette nature, le bruissement monotone et éternel des brisants de corail ; — regardez ces sites grandioses, ces mornes de basalte, ces forêts suspendues aux montagnes sombres, et tout cela, perdu au milieu de cette solitude majestueuse et sans bornes : le Pacifique.....

.   .   .   .

XXI

... Le premier soir où Rarahu vint se mêler aux jeunes femmes de Papeete, était un soir de grande fête.

La reine donnait un bal à l'état-major d'une
frégate, qui par hasard passait.....

Dans le salon tout ouvert, étaient déjà rangés
les fonctionnaires européens, les femmes de la
cour, tout le personnel de la colonie, en habits
de gala.

En dehors, dans les jardins, c'était un grand tumulte, une grande confusion. Toutes les suivantes, toutes les jeunes femmes en robe de fête, et
couronnées de fleurs, organisaient une immense
upa-upa. Elles se préparaient à danser jusqu'au
jour, pieds nus et au son du tam-tam, — tandis
que, chez la reine, on allait danser au piano, en
bottines de satin.

Et les officiers qui avaient déjà des amies au
dedans et au dehors, dans ces deux mondes de
femmes, allaient de l'un à l'autre sans détours,
avec le singulier laisser-aller qu'autorisent les
mœurs tahitiennes.....

La curiosité, la jalousie surtout, avaient poussé
Rarahu à cette escapade, depuis longtemps pré-
méditée. — La jalousie, passion peu commune
en Océanie, avait sourdement miné son petit
cœur sauvage.

Quand elle s'endormait seule au milieu de ses bois, couchée en même temps que le soleil dans la case de ses vieux parents, elle se demandait ce que pouvaient bien être ces soirées de Papeete que Loti son ami passait avec Faïmana ou Téria suivantes de la reine... Et puis il y avait cette princesse Ariitéa, dans laquelle, avec son instinct de femme, elle avait deviné une rivale.....

— « Ia ora na, Loti! » (Je te salue, Loti), dit tout à coup derrière moi une petite voix bien connue, qui semblait encore trop jeune et trop fraîche pour être mêlée au tumulte de cette fête.

Et je répondis, étonné : « Ia ora na, Rarahu! » (Je te salue, Rarahu).

C'était bien elle, pourtant, la petite Rarahu, en robe blanche, et donnant la main à Tiahoui. C'était bien elles deux, — qui semblaient intimidées de se trouver dans ce milieu inusité, où tant de jeunes femmes les regardaient. Elles m'abordaient avec de petites mines, demi-souriantes, demi-pincées, — et il était aisé de voir que l'orage était dans l'air.

— « Ne veux-tu pas te promener avec nous, Loti? — Ici ne nous connais-tu pas? Et ne som-

mes nous pas autant que les autres bien habil-
lées et jolies ? »

Elles savaient bien qu'elles l'étaient plus que
les autres, au contraire, — et sans cette convic-
tion, probablement, elles n'eussent point tenté
l'aventure.

— « Allons plus près, dit Rarahu ; je veux voir
là ce qu'*elles* font dans la maison de la reine. »

Et tous trois, nous tenant par la main, au
milieu des tuniques de mousseline et des couronnes de fleurs, nous nous approchâmes des
fenêtres ouvertes, — pour regarder ensemble
cette chose singulière à plus d'un titre : une réception chez la reine Pomaré.

— « Loti, demanda d'abord Tiahoui, — celles-
ci, que font-elles ?... » Elle montrait de la main
un groupe de femmes légèrement bistrées, et
parées de longues tuniques éclatantes, qui étaient
assises avec des officiers autour d'une table couverte d'un tapis vert. Elles remuaient des pièces
d'or et de nombreux petits carrés de carton
peint, qu'elles faisaient glisser rapidement dans
leurs doigts, tandis que leurs yeux noirs conser-

vaient leur impassible expression de câlinerie et
de nonchalance exotique.

Tiahoui ignorait absolument les secrets du
poker et du *baccara ;* elle ne saisit que d'une manière imparfaite les explications que je pus lui
en donner.

Quand les premières notes du piano commencèrent à résonner dans l'atmosphère chaude et
sonore, le silence se fit et Rarahu écouta en
extase... Jamais rien de semblable n'avait frappé
son oreille; la surprise et le ravissement dila-
taient ses yeux étranges. Le tam-tam aussi s'était
tu, et derrière nous les groupes se serraient sans
bruit; — on n'entendait plus que le frôlement
des étoffes légères, — le vol des grandes phalènes,
qui venaient effleurer de leurs ailes la flamme des
bougies, — et le bruissement lointain du Pacifique.....

Alors parut Ariitéa, appuyée au bras d'un
commandant anglais, et s'apprêtant à valser.

— Elle est très belle, Loti, dit tout bas Rarahu.

— Très belle, Rarahu, répondis-je...

— Et tu vas aller à cette fête; et ton tour
viendra de danser aussi avec elle en la tenant

dans tes bras, tandis que Rarahu rentrera toute
seule avec Tiahoui, tristement se coucher à
Apiré !.....

En vérité non, Loti, tu n'iras pas, dit-elle, en
s'exaltant tout à coup. Je suis venue pour te
chercher !....

— Tu verras, Rarahu, comme le piano réson-
nera bien sous mes doigts ; tu m'écouteras jouer
et jamais musique si douce n'aura frappé ton
oreille. Tu partiras ensuite parce que la nuit
s'avance. Demain viendra vite, et demain nous
serons ensemble.....

— Mon Dieu, non, Loti, tu n'iras pas, répéta-
t-elle encore de sa voix d'enfant que la fureur
faisait trembler.....

Puis, avec une prestesse de jeune chatte ner-
veuse et courroucée, elle arracha mes aiguillettes
d'or, froissa mon col, et déchira du haut en bas
le plastron irréprochable de ma chemise britannique.....

En effet, je ne pouvais plus, ainsi maltraité,
me présenter au bal de la reine ; — force me fut
de faire contre fortune bon cœur, et, en riant, de
suivre Rarahu, dans les bois du district d'Apiré...

Mais, quand nous fûmes seuls dans la campagne, loin du bruit de la fête, au milieu des bois et de l'obscurité, autour de moi je trouvai tout absurde et maussade, le calme de la nuit, le ciel brillant d'étoiles inconnues, le parfum des plantes tahitiennes, tout, jusqu'à la voix de l'enfant délicieuse qui marchait à mon côté... Je songeais à Ariitéa, en longue tunique de satin bleu, valsant là-bas chez la reine et un ardent désir m'attirait vers elle; — Rarahu avait ce soir-là fait fausse route, en m'entraînant dans sa solitude.

XXII

LOTI A SA SŒUR A BRIGHTBURY.

Papeete, 1872.

« Chère petite sœur,

» Me voilà sous le charme, moi aussi — sous le charme de ce pays qui ne ressemble à aucun autre. — Je crois que je le vois comme jadis le voyait Georges, à travers le même prisme enchanteur; depuis deux mois à peine j'ai mis le pied dans cette île, — et déjà je me suis laissé captiver. — La déception des premiers jours est bien loin aujourd'hui, et je crois que c'est ici, comme disait Mignon, que je voudrais vivre, aimer et mourir.....

» Six mois encore à passer dans ce pays, la décision est prise depuis hier par notre commandant qui, lui aussi, se trouve mieux ici qu'ailleurs ; le *Rendeer* ne partira pas avant octobre ; d'ici là je me serai fait entièrement à cette existence doucement énervante, d'ici là je serai devenu plus d'à moitié indigène, et je crains qu'à l'heure du départ il ne me faille terriblement souffrir.....

» Je ne puis te dire tout ce que j'éprouve d'impressions étranges, en retrouvant à chaque pas mes souvenirs de douze ans... Petit garçon, au foyer de famille, je songeais à l'Océanie ; à travers le voile fantastique de l'inconnu, je l'avais comprise et devinée telle que je la trouve aujourd'hui. — Tous ces sites étaient « DÉJA VUS », tous ces noms étaient connus, tous ces personnages sont bien ceux qui jadis hantaient mes rêves d'enfant, si bien que par instants c'est aujourd'hui que je crois rêver.....

» Cherche, dans les papiers que nous a laissés Georges, une photographie déjà effacée par le temps : une petite case au bord de la mer, bâtie aux pieds de cocotiers gigantesques, et enfouie sous la verdure.... — C'était la sienne. —Elle est tile, encore là à sa place.....

» — On me l'a indiquée, — mais c'était inutile, tout seul je l'aurais reconnue.....

» Depuis son départ, elle est restée vide ; le vent de la mer et les années l'ont disjointe et meurtrie ; les broussailles l'ont recouverte, la vanille l'a tapissée, — mais elle a conservé le nom tahitien de Georges, on l'appelle encore « la case de Rouéri..... »

» La mémoire de Rouéri est restée en honneur chez beaucoup d'indigènes, — chez la reine surtout, par qui je suis aimé et accueilli en souvenir de lui.

» Tu avais les confidences de Georges, toi, ma sœur; tu savais sans doute qu'une Tahitienne qu'il avait aimée avait vécu près de lui pendant ses quatre années d'exil...

» Et moi qui n'étais alors qu'un petit enfant, je devinais tout seul ce que l'on ne me disait pas; je savais même qu'elle lui écrivait, j'avais vu sur son bureau traîner des lettres, écrites dans une langue inconnue, qu'aujourd'hui je commence à parler et à comprendre.

» Son nom était Taïmaha. — Elle habite près d'ici, dans une île voisine, et j'aimerais la voir. — J'ai souvent désiré rechercher sa trace, — et puis au dernier moment j'hésite ; un sentiment indéfinissable, comme un scrupule, m'arrête au moment de remuer cette cendre, et de fouiller dans ce passé intime de mon frère, sur lequel la mort a jeté son voile sacré. . . . . »

XXIII

ÉCONOMIE SOCIALE ET PHILOSOPHIE.

Le caractère des Tahitiens est un peu celui des petits enfants. — Ils sont capricieux, fantasques, — boudeurs tout à coup et sans motif ; — foncièrement honnêtes toujours, — et hospitaliers dans l'acception du mot la plus complète...

Le caractère contemplatif est extraordinairement développé chez eux ; ils sont sensibles aux aspects gais ou tristes de la nature, accessibles à toutes les rêveries de l'imagination...

La solitude des forêts, les ténèbres, les épou-

vantent, et ils les peuplent sans cesse de fantômes et d'esprits.

Les bains nocturnes sont en honneur à Tahiti ;
au clair de lune des bandes de jeunes filles s'en
vont dans les bois se plonger dans des bassins
naturels d'une délicieuse fraîcheur. — C'est alors
que ce simple mot : « Toupapahou ! » jeté au milieu des baigneuses les met en fuite comme des
folles... — (*Toupapahou* est le nom de ces fantômes tatoués qui sont la terreur de tous les Polynésiens, — mot étrange, effrayant en lui-même et
intraduisible...)

En Océanie, le travail est chose inconnue. —
Les forêts produisent d'elles-mêmes tout ce qu'il
faut pour nourrir ces peuplades insouciantes ; le
fruit de l'arbre à pain, les bananes sauvages,
croissent pour tout le monde et suffisent à chacun. — Les années s'écoulent pour les Tahitiens
dans une oisiveté absolue et une rêverie perpé-
tuelle, — et ces grands enfants ne se doutent pas
que dans notre belle Europe tant de pauvres gens
s'épuisent à gagner le pain du jour. . . . . .

XXIV

UN NUAGE.

... La bande insouciante et paresseuse était au complet au bord du ruisseau d'Apiré, et Tétouara qui était en veine d'esprit versait sur nous tous, à demi endormis dans les herbes, des facéties rabelaisiennes, — tout en se bourrant de cocos et d'oranges.

On n'entendait guère que sa voix de crécelle, mêlée aux bruissements de quelques cigales qui chantaient là leur chanson de midi, à l'heure même où, sur l'autre face de la boule du monde, mes amis d'autrefois sortaient des théâtres de Paris, transis et emmitouflés, dans le brouillard glacial des nuits d'hiver...

La nature était tranquille et énervée; une brise tiède passait mollement sur la cime des arbres, et une foule de petits ronds de soleil dansaient gaiement sur nous, multipliés à l'infini par le tamisage léger des goyaviers et des mimosas.....

Nous vîmes s'avancer tout à coup une personne vêtue d'une tunique traînante en gaze vert d'eau, avec de longs cheveux noirs soigneusement nattés, et, sur le front, une couronne de jasmin...

On voyait un peu à travers la fine tunique sa gorge pure de jeune fille que n'avait jamais contrariée aucune entrave... On voyait aussi qu'elle avait roulé autour de ses hanches, un *pareo* somptueux, dont les grandes fleurs blanches sur fond rouge transparaissaient sous la gaze légère.....

Je n'avais jamais vu Rarahu si belle, ni se prenant autant au sérieux.....

Un grand succès d'admiration avait salué son entrée... Le fait est qu'elle était bien jolie ainsi, — et que sa coquetterie embarrassée la rendait encore plus charmante.....

Confuse et intimidée elle était venue à moi; puis sur l'herbe elle s'était assise à mon côté, et restait là immobile, les joues empourprées sous leur bistre, les yeux baissés, comme une enfant coupable qui tremble qu'on ne l'interroge et ne la confonde.....

— Loti, tu fais très bien les choses, disait-on dans la galerie.....

Et les jeunes femmes auxquelles mon étonnement n'avait point échappé, firent entendre dans
les hautes herbes de petits éclats de rire contenus
qui disaient une foule de méchantes choses; —
Tétouara, fine et impitoyable, prononça sur la
belle robe de gaze ces astucieuses paroles :

— Elle est faite d'une *étoffe chinoise!*

Et les éclats de rire redoublèrent; — il en
partait de derrière tous les goyaviers, — il en
sortait de l'eau du ruisseau ; — il en venait de
partout, — et la pauvre petite Rarahu était bien
près de fondre en larmes.....

XXV

TOUJOURS LE NUAGE.

... « Elle est faite d'une *étoffe chinoise!* »
avait dit Tétouara.....

Parole grosse de sous-entendus venimeux, —
parole acérée à triple pointe, qui souvent me
revenait en tête.....

En vérité j'étais tout à fait étranger à cette robe de gaze verte... Ce n'étaient point non plus les vieux parents adoptifs de Rarahu, — lesquels vivaient à moitié nus dans leur case de pandanus, — qui s'étaient lancés dans de telles prodigalités.....

Et je demeurais plongé dans mes réflexions.....

Les marchands chinois de Papeete sont pour les Tahitiennes un objet de dégoût et d'horreur... Il n'est point de plus grande honte pour une jeune femme que d'être convaincue d'avoir écouté les propos galants de l'un d'entre eux.....

Mais les Chinois sont malins et sont riches ; — et il est notoire que plusieurs de ces personnages, à force de présents et de pièces blanches, obtiennent des faveurs clandestines qui les dédommagent du mépris public.....

Je m'étais bien gardé cependant de communiquer cet horrible soupçon à John, qui eût chargé d'anathèmes ma petite amie Rarahu... J'eus le bon goût de ne faire ni reproches ni scandale, — me réservant seulement d'observer et d'attendre.....

XXVI

PERSISTANCE DU NUAGE.

... Quand j'arrivai au ruisseau d'Apiré, à notre salle de bain particulière sous les goyaviers, il était trois heures de l'après-midi, heure inusitée.

J'étais venu sans bruit... J'écartai les branches et je regardai.....

La stupeur me cloua sur place.....

Une chose horrible était là, dans ce lieu que nous considérions comme appartenant à nous seuls : un vieux Chinois tout nu, lavant dans notre eau limpide son vilain corps jaune.....

Il semblait chez lui et ne se dérangeait nullement... Il avait relevé sa longue queue de cheveux gris nattés, et l'avait roulée en manière de chignon de femme sur la pointe de son crâne chauve... Complaisamment il lavait dans notre ruisseau ses membres osseux qui semblaient enduits de safran, — et le soleil l'éclairait tout de même, de sa lueur discrètement voilée par la verdure, — et l'eau fraîche et claire bruissait tout de même autour de lui, — avec autant de naturel et de gaieté qu'elle eût pu le faire pour nous.....

XXVII

... J'observais, posté derrière les branches... La curiosité me tenait là attentif et immobile... Je m'étais condamné au spectacle de ce bain, attendant avec anxiété ce qui allait s'en suivre.....

Je n'attendis pas longtemps ; un léger frôlement de branches, un bruit de voix douces, m'indiqua bientôt que les deux petites filles arrivaient.....

Le Chinois qui les avait entendues aussi, se leva d'un bond, comme mu par un ressort... Soit pudeur, soit honte d'étaler au soleil d'aussi laides choses, il courut à ses vêtements... Les nombreuses robes de mousseline qui, superposées, composaient son costume, pendaient çà et là, accrochées aux branches des arbres.

Il avait eu le temps d'en passer deux ou trois,
quand les petites arrivèrent.

Le chat de Rarahu, qui ouvrait la marche,
fit un haut-le-corps très significatif en apercevant
l'homme jaune, et rebroussa chemin d'un air
indigné...

Tiahoui parut ensuite; — elle eut un temps
d'arrêt en portant la main à son menton, et
riant sous cape, comme une personne qui aperçoit quelque chose de très drôle.....

Rarahu regarda par-dessus son épaule, riant
aussi... Après quoi toutes deux s'avancèrent
résolument, en disant d'un ton narquois :

« — Ia ora na, Tseen-Lee ! — Ia ora na tinito,
mafatu meiti ! »

— Bonjour Tseen-Lee, — bonjour Chinois,
mon petit cœur !

Elles le connaissaient par son nom, et lui-
même avait appelé Rarahu... Il avait laissé
retomber sa queue grisonnante avec un grand
air de coquetterie, et ses yeux de vieux lubrique
étincelaient d'une hideuse manière.....

XXVIII

Il tira de ses poches une quantité de choses qu'il offrit aux deux enfants : — petites boîtes de poudres blanches ou roses, — petits instruments compliqués pour la toilette, petites spatules d'argent pour râcler la langue, toutes choses dont il leur expliquait l'usage, — et puis des bonbons chinois aussi, — des fruits confits au poivre et au gingembre.....

C'était Rarahu surtout qui était l'objet de ses attentions ardentes. — Et les deux petites, en se faisant un peu prier, acceptaient tout de même, avec accompagnement de moues dédaigneuses, et de grimaces de ouïstitis.....

Il y eut un grand ruban rose, pour lequel Rarahu laissa embrasser son épaule nue.....

Et puis Tseen-Lee voulut aller plus loin, et approcha ses lèvres de celles de ma petite amie, — laquelle s'enfuit à toutes jambes, suivie de Tiahoui... Toutes deux disparurent sous bois comme des gazelles, emportant leurs présents à pleines mains — on les entendit de loin rire encore à travers la verdure, — et Tseen-Lee, incapable de les rejoindre, demeura à sa place, piteux et décontenancé....

XXIX

LE NUAGE CRÈVE.

... Le lendemain Rarahu, la tête appuyée sur mes genoux, pleurait à chaudes larmes.....

Dans son cœur de pauvre petite croissant à l'aventure dans les bois, les notions du bien et du mal étaient restées imparfaites ; on y trouvait une foule d'idées baroques et incomplètes, venues toutes seules à l'ombre des grands arbres.

— Les sentiments frais et purs y dominaient pourtant, et il s'y mêlait aussi quelques données chrétiennes, puisées au hasard dans la Bible de ses vieux parents.....

La coquetterie et la gourmandise l'avaient poussée hors du droit chemin, mais j'étais sûr, absolument sûr qu'elle n'avait rien donné en échange de ces singuliers présents, et le mal pouvait encore se réparer par des larmes.

Elle comprenait que ce qu'elle avait fait était fort mal ; elle comprenait surtout qu'elle m'avait causé de la peine, — et que John, le sérieux John mon frère, détournerait d'elle ses yeux bleus.....

Elle avait tout avoué, l'histoire de la robe de gaze verte, l'histoire du paréo rouge. — Elle pleurait, la pauvre petite, de tout son cœur ; les sanglots oppressaient sa poitrine, — et Tiahoui pleurait aussi, de voir pleurer son amie.....

Ces larmes, les premières que Rarahu eût versées de sa vie, produisirent entre nous le résultat qu'amènent souvent les larmes, elles nous firent davantage nous aimer. — Dans le sentiment que j'éprouvais pour elle, le cœur prit une part plus large, et l'image d'Ariitéa s'effaça pour un temps.....

L'étrange petite créature qui pleurait là sur mes genoux, dans la solitude d'un bois d'Océanie, m'apparaissait sous un aspect encore inconnu ; pour la première fois elle me semblait *quelqu'un*, et je commençais à soupçonner la femme adorable qu'elle eût pu devenir, si d'au-

tres que ces deux vieillards sauvages eussent pris
soin de sa jeune tête.....

XXX

A dater de ce jour, Rarahu considérant qu'elle
n'était plus une enfant, cessa de se montrer la
poitrine nue au soleil.....

Même les jours non fériés, elle se mit à porter
des robes et à natter ses longs cheveux.....

XXXI

... *Mata reva* était le nom que m'avait donné
Rarahu, ne voulant point de celui de Loti, qui
me venait de Faïmana ou d'Ariitéa. — *Mata*,
dans le sens propre, veut dire : *œil*, c'est d'après
les yeux que les Maoris désignent les gens, et les
noms qu'ils leur donnent sont généralement
très réussis.....

Plumket, par exemple, s'appelait *Mata-pifaré*, (œil de chat) ; Brown, *Mata ioré* (œil de rat), et John, *Mata-ninamu* (œil azuré).....

Rarahu n'avait voulu pour moi aucune ressemblance d'animal ; l'appellation plus poétique de *Mata-reva* était celle qu'après bien des hésitations elle avait choisie.....

Je consultai le dictionnaire des vénérables frères Picpus, — et trouvai ce qui suit :

Reva, firmament ; — abîme, profondeur ; — mystère.....

XXXII

JOURNAL DE LOTI.

... Les heures, les jours, les mois, s'envolaient dans ce pays autrement qu'ailleurs ; le temps s'écoulait sans laisser de traces, dans la monotonie d'un éternel été. — Il semblait qu'on fût dans une atmosphère de calme et d'immobilité, où les agitations du monde n'existaient plus.....

Oh ! les heures délicieuses, oh ! les heures d'été, douces et tièdes, que nous passions là ; cha-

que jour, au bord du ruisseau de Fataoua, dans
ce coin de bois, ombreux et ignoré, qui fut le
nid de Rarahu, et le nid de Tiahoui. — Le ruisseau courait doucement sur les pierres polies, entraînant des peuplades de poissons microscopi-
ques et de mouches d'eau. — Le sol était tapissé
de fines graminées, de petites plantes délicates,
d'où sortait une senteur pareille à celle de nos
foins d'Europe pendant le beau mois de juin,
senteur exquise, rendue par ce seul mot tahitien :
« poumiriraïra », qui signifie : *une suave odeur d'herbes*. L'air était tout chargé d'exhalaisons tropicales, où dominait le parfum des oranges, sur-
chauffées dans les branches par le soleil du midi.
— Rien ne troublait le silence accablant de ces
midis d'Océanie. De petits lézards, bleus comme
des turquoises, que rassurait notre immobilité,
circulaient autour de nous, en compagnie des
papillons noirs marqués de grands yeux violets.
On n'entendait que de légers bruits d'eau, des
chants discrets d'insectes, ou de temps en temps
la chute d'une goyave trop mûre, qui s'écrasait
sur la terre avec un parfum de framboise.....

... Et quand la journée s'avançait, quand le

soleil plus bas jetait sur les branches des arbres des lueurs plus dorées, Rarahu s'en retournait avec moi à sa case isolée dans les bois. — Les deux vieillards ses parents, fixes et graves, étaient là toujours, accroupis devant leur hutte de pandanus, et nous regardant venir. — Une sorte de sourire mystique, une expression d'insouciante bienveillance éclairait un instant leurs figures éteintes :

— « Nous te saluons, Loti ! disaient-ils, d'une voix gutturale » ; — ou bien : « nous te saluons », Mata reva ! »

— Et puis c'était tout ; il fallait se retirer, laissant entre eux deux ma petite amie qui me suivait des yeux en souriant et qui semblait une personnification fraîche de la jeunesse à côté de ces deux sombres momies polynésiennes.....

C'était l'heure du repas du soir. Le vieux Tahaapaïru étendait ses longs bras tatoués jusqu'à une pile de bois mort ; il y prenait deux morceaux de *bourao* desséché, et les frottait l'un contre l'autre pour en obtenir du feu, — vieux procédé de sauvage. Rarahu recevait la flamme des mains du vieillard ; elle allumait une gerbe de branches, et faisait cuire dans la terre deux *maiorés*, fruits de l'arbre à pain, qui composaient le repas de la famille.....

C'était l'heure aussi où la bande des baigneuses du ruisseau de Fataoua rejoignait Papeete, Tétouara en tête, — et j'avais pour m'en revenir toujours compagnie joyeuse.

— Loti, disait Tétouara, n'oublie pas qu'on t'attend à la nuit dans le jardin de la reine ; Téria et Faïmana te font dire qu'elles comptent sur toi pour les conduire prendre du thé chez les Chinois, — et moi aussi, j'en serai très volontiers si tu veux.....

Nous nous en revenions en chantant, par un chemin d'où la vue dominait le Grand-Océan bleu, éclairé des dernières lueurs du soleil couchant.

La nuit descendait sur Tahiti, transparente, étoilée. Rarahu s'endormait dans ses bois ; les grillons entonnaient sous l'herbe leur concert du soir, les phalènes prenaient leur vol sous les grands arbres, — et les suivantes commençaient à errer dans les jardins de la reine.....

XXXIII

... Rarahu qui suivait avec moi une des avenues ombragées de Papeete, adressa un bonjour moitié amical, moitié railleur, — un peu terrifié aussi, — à une créature baroque qui passait.

La grande femme sèche, qui n'avait de la Tahitienne que le costume, y répondit avec une raideur pleine de dignité, et se retourna pour nous regarder.

Rarahu vexée lui tira la langue, — après quoi elle me conta en riant que cette vieille fille, *demi-blanche*, métis efflanquée d'anglais et de maorie, — était son ancien professeur, à l'école de Papeete.

Un jour, la métis avait déclaré à son élève qu'elle fondait sur elle les plus hautes espérances pour lui succéder dans ce pontificat, en raison de la grande facilité avec laquelle apprenait l'enfant.

Rarahu, saisie de terreur à la pensée de cet avenir, avait tout d'une traite pris sa course jusqu'à Apiré, quittant du coup la *haapiiraa* (la maison d'école) pour n'y plus revenir.....

XXXIV

... Je rentrai un matin à bord du *Rendeer*, rapportant cette nouvelle à sensation que j'avais couché en compagnie de Tamatoa......

Tamatoa, fils aîné de la reine Pomaré, mari de la belle reine Moé de l'île de Raîatéa, — père de la délicieu se petite malade, Pomaré V, — était un homme que l'on gardait enfermé depuis quelques années entre quatre solides murailles, et qui était encore l'effroi légendaire du pays.

Dans son état normal, Tamatoa, disait-on, n'était pas plus méchant qu'un autre, — mais il buvait, — et quand il avait bu, il *voyait rouge*, il lui fallait du sang.

C'était un homme de trente ans, d'une taille prodigieuse, et d'une force herculéenne; plusieurs hommes ensemble étaient incapables de lui tenir tête quand il était déchaîné; il égorgeait sans motif, et les atrocités commises par lui dépassaient toute imagination.....

Pomaré adorait pourtant ce fils colossal. — Le bruit courait même dans le palais que depuis quelque temps elle lui ouvrait la porte, et qu'on l'avait vu la nuit rôder dans les jardins. — Sa présence causait parmi les filles de la cour la même terreur que celle d'une bête fauve, dont on saurait, la nuit, la cage mal fermée.

Il y avait chez Pomaré une salle consacrée aux étrangers, nuit et jour ouverte; on y trouvait par terre des matelas recouverts de nattes blanches et propres, qui servaient aux Tahitiens de passage, aux chefs attardés des districts, et quelquefois à moi-même.....

... Dans les jardins et dans le palais, tout le monde était endormi quand j'entrai dans la salle de refuge.

Je n'y trouvai qu'un seul personnage assis, accoudé sur une table où brûlait une lampe d'huile de cocotier... c'était un inconnu, d'une taille et d'une envergure plus qu'humaine; une seule de ses mains eût broyé un homme comme du verre. — Il avait d'épaisses mâchoires carrées de cannibale; sa tête énorme était dure et sauvage, ses yeux à demi fermés avaient une expression de tristesse égarée.....

— Ia ora na, Loti! dit l'homme. — Je te salue, Loti!.....

Je m'étais arrêté à la porte...

Alors commença en tahitien, entre l'inconnu et moi, le dialogue suivant :

— « ... Comment sais-tu mon nom? »

— » Je sais que tu es Loti, le petit porte-aiguil-lettes de l'amiral à cheveux blancs.

» Je t'ai souvent vu passer près de moi la nuit.

» Tu viens pour dormir?... »

— » Et toi? — Tu es un chef, de quelque île?...

— » Oui, je suis un grand chef. — Couche-toi dans le coin là-bas; tu y trouveras la meilleure natte... »

Quand je fus étendu et roulé dans mon paréo, je fermai les yeux, — juste assez pour observer l'étrange personnage qui s'était levé avec pré-caution et se dirigeait vers moi.

En même temps qu'il s'approchait, un léger bruit m'avait fait tourner la tête du côté opposé, du côté de la porte où la vieille reine venait d'ap-paraître; — elle marchait cependant avec des précautions infinies, sur la pointe de ses pieds nus, mais les nattes criaient sous le poids de son gros corps.

... Quand l'homme fut près de moi, il prit une moustiquaire de mousseline qu'il étendit avec soin au-dessus de ma tête; après quoi il plaça une feuille de bananier devant sa lampe pour m'en cacher la lumière, et retourna s'asseoir, la tête appuyée sur ses deux mains.

Pomaré qui nous avait observés anxieusement tous deux, cachée dans l'embrasure sombre, sembla satisfaite de son examen et disparut...

La reine ne venait jamais dans ces quartiers de sa demeure, et son apparition, m'ayant confirmé dans cette idée que mon compagnon était inquiétant, m'ôta toute envie de dormir.

Cependant l'inconnu ne bougeait plus; son regard était redevenu vague et atone; il avait oublié ma présence... On entendait dans le lointain des femmes de la reine qui chantaient à deux parties un *himéné* des îles Pomotous. — Et puis la grosse voix du vieil Ariifaité, le prince époux, cria: « Mamou! — (silence!) — Te hora a horou ma piti! » — (silence, il est minuit!)... Et le silence se fit comme par enchantement...

Une heure après, l'ombre de la vieille reine apparut encore dans l'embrasure de la porte. — La lampe s'éteignait, et l'homme venait de s'endormir.....

J'en fis autant bientôt, d'un sommeil léger toutefois, et quand, au petit jour, je me levai pour partir, je vis qu'il n'avait point changé de place ; sa tête seule s'était affaissée, et reposait sur la table.....

Je fis ma toilette au fond du jardin sous les mimosas, dans un ruisseau d'eau fraîche ; — après quoi j'allai sous la véranda saluer la reine et la remercier de son hospitalité.

— « Haere mai, Loti, dit-elle du plus loin qu'elle me vit, haere mai paraparaü ! » (Viens ici, Loti, et causons un peu !)

« Eh bien ! t'a-t-il bien reçu ?..... »

— « Oui, dis-je. » — Et je vis sa vieille figure s'épanouir de plaisir quand je lui exprimai ma reconnaissance pour les soins qu'il avait pris de moi...

— « Sais-tu qui c'était, dit-elle mystérieusement, — oh ! ne le répète pas, mon petit Loti... c'était Tamatoa !..... »

Quelques jours plus tard, Tamatoa fut officiel-

lement relâché, — à la condition qu'il ne sorti-
rait point du palais; j'eus plusieurs fois l'occasion de lui parler et de lui donner des poignées
de main.....

Cela dura jusqu'au moment où, s'étant évadé,
il assassina une femme et deux enfants dans le
jardin du missionnaire protestant; et commit
dans une même journée une série d'horreurs
sanguinaires qui ne pourraient s'écrire, même
en latin.....

XXXV.

... Qui peut dire où réside le charme d'un
pays?... Qui trouvera ce quelque chose d'intime
et d'insaisissable que rien n'exprime dans les
langues humaines ?

.   .   .   .

Il y a dans le charme tahitien beaucoup de
cette tristesse étrange qui pèse sur toutes ces îles
d'Océanie, — l'isolement dans l'immensité du
Pacifique, — le vent de la mer, — le bruit des
brisants, — l'ombre épaisse, — la voix rauque

et triste des maoris qui circulent en chantant au milieu des tiges des cocotiers, étonnamment hautes, blanches et grêles.....

On s'épuise à chercher, à saisir, à exprimer... effort inutile, — ce quelque chose s'échappe, et reste incompris.....

J'ai écrit sur Tahiti de longues pages; il y a là-dedans des détails jusque sur l'aspect des moindres petites plantes, — jusque sur la physionomie des mousses.....

Qu'on lise tout cela avec la meilleure volonté du monde, — eh bien, après, a-t-on compris?... Non assurément.....

Après cela, a-t-on entendu, la nuit, sur ces plages de Polynésie toutes blanches de corail, — a-t-on entendu, la nuit, partir du fond des bois le son plaintif d'un *vivo* [1]?... ou le beuglement lointain des trompes de coquillages?.....

XXXVI

GASTRONOMIE.

... « La chair des hommes blancs a goût de banane mûre..... »

[1]. *Vivo,* flûte de roseau.

Ce renseignement me vient du vieux chef maori Hoatoaru, de l'île Roùtoumah, dont la compétence en cette matière est indiscutable.....

XXXVII

.. Rarahu, dans un accès d'indignation, m'avait appelé : *long lézard sans pattes*, — et je n'avais pas très bien compris tout d'abord...

Le serpent étant un animal tout à fait inconnu en Polynésie, la métis qui avait éduqué Rarahu, pour lui expliquer sous quelle forme le diable avait tenté la première femme, avait eu recours à cette périphrase.

Rarahu s'était donc habituée à considérer cette variété de « long lézard sans pattes » comme la plus méchante et la plus dangereuse de toutes les créatures terrestres ; — c'était pour cela qu'elle m'avait lancé cette insulte.....

Elle était jalouse encore, la pauvre petite Rarahu ; elle souffrait de ce que Loti ne voulait pas exclusivement lui appartenir.

Ces soirées de Papeete, ces plaisirs des autres

jeunes femmes, auxquels ses vieux parents lui
défendaient de se mêler, faisaient travailler son
imagination d'enfant. — Il y avait surtout ces
thés qui se donnaient chez les Chinois, et dont
Tétouara lui rapportait des descriptions fantastiques, thés auxquels Téria, Faïmana et
quelques autres folles filles de la suite de la
reine, buvaient et s'enivraient. — Loti y assis-
tait, y présidait même quelquefois, et cela con-
fondait les idées de Rarahu, qui ne comprenait
plus.

... Quand elle m'eut bien injurié, elle pleura,
— argument beaucoup meilleur.....

A partir de ce jour, on ne me vit guère plus
aux soirées de Papeete. — Je demeurais plus
tard dans les bois d'Apiré, partageant même
quelquefois le fruit de l'arbre à pain avec le
vieux Tahaapaïru. — La tombée de la nuit était
triste, par exemple, dans cette solitude ; — mais
cette tristesse avait son grand charme, et la voix
de Rarahu avait un son délicieux le soir, sous la
haute et sombre voûte des arbres... — Je restais jusqu'à l'heure où les deux vieillards faisaient
leur prière, — prière dite dans une langue bizarre et sauvage, mais qui était celle-là même

-que dans mon enfance on m'avait apprise. —
« *Notre père qui es aux cieux*... », l'éternelle et
sublime prière du Christ, résonnait d'une manière
étrangement mystérieuse, là, aux antipodes du
vieux monde, dans l'obscurité de ces bois, dans
le silence de ces nuits, dite par la voix lente et
grave de ce vieillard fantôme.....

XXXVIII

... Il y avait quelque chose que Rarahu commençait à sentir déjà, et qu'elle devait sentir
amèrement plus tard, — quelque chose qu'elle
était incapable de formuler dans son esprit d'une
manière précise, — et surtout d'exprimer avec les
mots de sa langue primitive. — Elle comprenait
vaguement qu'il devait y avoir des abîmes dans
le monde intellectuel, entre Loti et elle-même,
des mondes entiers d'idées et de connaissances
inconnues. — Elle saisissait déjà la différence
radicale de nos races, de nos conceptions, de
nos moindres sentiments : les notions même

des choses les plus élémentaires de la vie diffé-
raient entre nous deux. — Loti qui s'habillait
comme un Tahitien et parlait son langage, de-
meurait pour elle un *paoupa*. — c'est-à-dire un
de ces hommes venus des pays fantastiques de
par delà les grandes mers, — un de ces hommes
qui depuis quelques années apportaient dans
l'immobile Polynésie tant de changements inouïs,
et de nouveautés imprévues.....

Elle savait aussi que Loti repartirait bientôt
pour ne plus revenir, retournant dans sa patrie
lointaine... Elle n'avait aucune idée de ces distances vertigineuses, — et Tahaapaïru les com-
parait à celles qui séparaient Fataoua de la
lune ou des étoiles.....

Elle pensait ne représenter aux yeux de Loti,
— enfant de quinze ans qu'elle était, — qu'une
petite créature curieuse, jouet de passage qui
serait vite oublié.....

Elle se trompait pourtant. — Loti commençait à s'apercevoir lui aussi qu'il éprouvait pour
elle un sentiment qui n'était plus banal. — Déjà
il l'aimait un peu par le cœur.....

Il se souvenait de son frère Georges, — de

celui que les Tahitiens appelaient Rouéri, qui
avait emporté de ce pays d'ineffaçables souvenirs, — et il sentait qu'il en serait ainsi de lui-
même. — Il semblait très possible à Loti que
cette aventure commencée au hasard par un
caprice de Tétouara, laissât des traces profondes
et durables sur sa vie tout entière.....

Très jeune encore, Loti avait été lancé dans
les agitations de l'existence européenne ; de très
bonne heure il avait soulevé le voile qui cache
aux enfants la scène du monde ; — lancé brusquement, à seize ans, dans le tourbillon de
Londres et de Paris, il avait souffert à un âge
où d'ordinaire on commence à peine à penser.....

Loti était revenu très fatigué de cette campagne faite si matin dans la vie, — et se croyait
déjà fort blasé. — Il avait été profondément
écœuré et déçu, — parce que, avant de devenir
un garçon semblable aux autres jeunes hommes,
il avait commencé par être un petit enfant pur
et rêveur, élevé dans la douce paix de la famille ;
lui aussi avait été un petit sauvage, sur le cœur
duquel s'inscrivaient dans l'isolement une foule
d'idées fraîches et d'illusions radieuses. — Avant
d'aller rêver dans les bois d'Océanie, tout en-

fant il avait longtemps rêvé seul dans les bois du Yorkshire.....

Il y avait une foule d'affinités mystérieuses entre Loti et Rarahu, nés aux deux extrémités du monde. — Tous deux avaient l'habitude de l'isolement et de la contemplation, l'habitude des bois et des solitudes de la nature ; tous deux s'arrangeaient de passer de longues heures en silence, étendus sur l'herbe et la mousse ; — tous deux aimaient passionnément la rêverie, la musique, — les beaux fruits, les fleurs et l'eau fraîche...

XXXXIX

... Il n'y avait pour le moment aucun nuage à notre horizon.....

Encore cinq grands mois à passer ensemble... — Il était bien inutile de se préoccuper de l'avenir.....

XL

On était charmé quand Rarahu chantait.....

Quand elle chantait seule, elle avait dans la voix des notes si fraîches et si douces, que les oiseaux seuls ou les petits enfants en peuvent produire de semblables.

Quand elle chantait en parties, elle brodait, par-dessus le chant des autres, des variations extravagantes, prises dans les notes les plus élevées de la gamme, — très compliquées toujours et admirablement justes.....

Il y avait à Apiré, comme dans tous les districts tahitiens, un chœur appelé « himéné », lequel fonctionnait régulièrement sous la conduite d'un chef, et se faisait entendre dans toutes les fêtes indigènes. — Rarahu en était un des principaux sujets, et le dominait tout entier de sa voix pure; — le chœur qui l'accompagnait était rauque et sombre; les hommes surtout y mêlaient des sons bas et métalliques, sortes de rugissements qui marquaient les *dominantes* et semblaient plutôt les sons de quelque instrument sauvage que ceux de la voix humaine. — L'ensemble avait une précision à dépiter les choristes du Conservatoire, et produisait le soir dans les bois des impressions qui ne se peuvent décrire.....

XLI

... C'était l'heure de la tombée du jour; j'étais
seul au bord de la mer, sur une plage du district
d'Apiré. — Dans ce lieu isolé, j'attendais Taïmaha, — et j'éprouvais un sentiment singulier à
l'idée que cette femme allait venir.....

Taïmaha, m'avait-on dit, était depuis la veille
à Tahiti. Une vieille créature qui jadis l'avait
connue dans la case de Rouéri, m'avait assigné
ce lieu de rendez-vous, et s'était chargée de l'y
faire venir.....

Une femme parut bientôt, qui m'aperçut sous
les cocotiers et s'avança vers moi... C'était déjà
la nuit; quand elle fut tout près, je distinguai
une horrible figure qui me regardait en riant,
d'un rire de sauvagesse :

« — Tu es Taïmaha ? lui dis-je.....

« — Taïmaha ?... Non. — Je m'appelle Teva-
ruefaipotuaiahutu, du district de Papetoaï; je
viens de pêcher des porcelaines sur le récif, et
du corail rose. — Veux-tu m'en acheter?... »

J'attendis encore là jusqu'à minuit. — Je sus le lendemain qu'au petit jour la vraie Taïmaha était repartie pour son île ; ma commission n'avait pas été faite ; elle s'en était allée sans se douter que pendant plusieurs heures elle avait été attendue sur la plage par le frère de Rouéri.....

XLII

LOTI A JOHN B., A BORD DU RENDEER.

Taravao, 1872.

Mon bon frère John,

Le messager qui te portera cette lettre est chargé en même temps de te remettre une foule de présents que je t'envoie. — C'est d'abord un plumet, en queues de phaétons rouges, objet très précieux, don de mon hôte le chef de Tehaupoo ; ensuite un collier à trois rangs de petites coquilles blanches, don de la chefesse, — et enfin deux touffes de reva-reva, — qu'une

grande dame du district de Papéouriri avait
mises hier sur ma tête à la fête de Taravao.

Je resterai quelques jours encore ici, chez le
chef qui était un ami de mon frère ; j'userai jusqu'au bout de la permission de l'amiral.

Il ne me manque que ta présence, frère, pour
être absolument charmé de mon séjour à Taravao. Les environs de Papeete ne peuvent te donner une idée de cette région ignorée qui s'appelle
la presqu'île de Taravao : un coin paisible, ombreux, enchanteur, — des bois d'orangers gigantesques, dont les fruits et les fleurs jonchent
un sol délicieux, tapissé d'herbes fines et de pervenches roses.....

... Là-dessous sont disséminées quelques cases
en bois de citronnier, où vivent immobiles des
maoris d'autrefois ; là-dessous on trouve la vieille
hospitalité indigène : des repas de fruits, sous
des tendelets de verdure tressée et de fleurs ; de
la musique, des unissons plaintifs de *vivo* de roseaux, des chœurs d'*himéné*, des chants et des
danses.

J'habite seul une case isolée, bâtie sur pilotis,
au-dessus de la mer et des coraux. De mon lit de
nattes blanches, en me penchant un peu, je vois

s'agiter au-dessous de moi tout ce petit monde à part qui est le monde du corail. — Au milieu des rameaux blancs ou roses, — dans les branchages compliqués des madrépores, circulent des milliers de petits poissons dont les couleurs ne peuvent se comparer qu'à celles des pierres précieuses ou des colibris : des rouges de géranium, des verts chinois, des bleus qu'on ne saurait peindre, — et une foule de petits êtres bariolés de toutes les nuances de l'arc-en-ciel, — ayant forme de tout excepté forme de poisson... Le jour, aux heures tranquilles de la sieste, absorbé dans mes contemplations, j'admire tout cela qui est presque inconnu, même aux naturalistes et aux observateurs.

La nuit, mon cœur se serre un peu dans cet isolement de Robinson. — Quand le vent siffle au dehors, quand la mer fait entendre dans l'obscurité sa grande voix sinistre, alors j'éprouve comme une sorte d'angoisse de la solitude, là, à la pointe la plus australe et la plus perdue de cette île lointaine, — devant cette immensité du Pacifique, — immensité des immensités de la terre, qui s'en va tout droit jusqu'aux rives mystérieuses du continent polaire.

Dans une excursion de deux jours, en compagnie du chef de Tehaupoo, j'ai vu ce lac de Vaï-
ria qui inspire aux indigènes une superstitieuse
frayeur. — Une nuit nous avons campé sur ses
bords. C'est un site étrange que peu de gens
ont contemplé ; de loin en loin quelques Européens y viennent par curiosité ; la route est longue et difficile, les abords sauvages et déserts. —
Figure-toi, à mille mètres de haut, une mer
morte, perdue dans les montagnes du centre ;
— tout autour, des mornes hauts et sévères, découpant leurs silhouettes aiguës dans le ciel
clair du soir. — Une eau froide et profonde, que
rien n'anime, ni un souffle de vent, ni un bruit,
ni un être vivant, ni seulement un poisson... —
« Autrefois, dit le chef de Tehaupoo, des Toupapahous d'une race particulière, descendaient
la nuit des montagnes, et « *battaient l'eau de leurs*
grandes ailes d'albatros ».

... Si tu vas chez le gouverneur, à la soirée du
mercredi, tu y verras la princesse Ariîtéa ; dis-
lui que je ne l'oublie point dans ma solitude, et
que j'espère la semaine prochaine danser avec
elle au bal de la reine. — Si, dans les jardins, tu
rencontrais Faïmana ou Téria, tu pourrais de ma

part leur dire tout ce qui te passerait par la tête.....

Cher petit frère, fais-moi le plaisir d'aller au ruisseau de Fataoua, donner de mes nouvelles à la petite Rarahu, d'Apiré... Fais cela pour moi, je t'en prie ; tu es trop bon pour ne pas tout comprendre, et ne pas nous pardonner à tous deux... Vrai, la pauvre petite, je te jure que je l'aime de tout mon cœur...

XLIII

... Rarahu ne connaissait pas du tout le Dieu *Taaroa*, non plus que les nombreuses déesses de sa suite; elle n'avait même jamais entendu parler d'aucun de ces personnages de la mythologie polynésienne. — La reine Pomaré seule, par respect pour les traditions de son pays, avait appris les noms de ces divinités d'autrefois et conservait dans sa mémoire les étranges légendes des anciens temps.....

... Mais tous ces mots bizarres de la langue

polynésienne qui m'avaient frappé, tous ces mots au sens vague ou mystique, sans équivalents dans nos langues d'Europe, étaient familiers à Rarahu qui les employait ou me les expliquait avec une rare et singulière poésie...

— Si tu restais plus souvent à Apiré la nuit, me disait-elle, tu apprendrais avec moi beaucoup plus vite une foule de mots que ces filles qui vivent à Papeete ne savent pas... Quand nous *aurons eu peur ensemble*, je t'enseignerai, en ce qui concerne les Toupapahous, des choses très effrayantes que tu ignores... —

En effet, il est dans la langue maorie beaucoup de mots et d'images qui ne deviennent intelligibles qu'à la longue, quand on a vécu avec les indigènes, la nuit dans les bois, écoutant gémir le vent et la mer, — l'oreille tendue à tous les bruits mystérieux de la nature.

XLIV

... On n'entend aucun chant d'oiseaux dans les bois tahitiens; les oreilles des maoris ignorent cette musique naïve qui, dans d'autres climats, remplit les bois de gaieté et de vie.

Sous cette ombre épaisse, dans les lianes et les grandes fougères, rien ne vole, rien ne bouge, c'est toujours ce même silence étrange qui semble régner aussi dans l'imagination mélancolique des naturels.....

On voit seulement planer dans les gorges, à d'effrayantes hauteurs, le phaéton, un petit oiseau blanc qui porte à la queue une longue plume blanche ou rose.

Les chefs attachaient autrefois à leurs coiffures une touffe de ces plumes; aussi leur fallait-il beaucoup de temps et de persévérance pour composer cet ornement aristocratique.....

XLV

INQUALIFIABLE.

... Il est certaines nécessités de notre triste nature humaine qui semblent faites tout exprès pour nous rappeler combien nous sommes imparfaits et matériels — nécessités auxquelles sont soumises les reines comme les bergères, — « la garde qui veille aux barrières du Louvre, etc... »

Lorsque la reine Pomaré est aux prises avec ces situations pénibles, trois femmes entrent à sa suite dans certain réduit mystérieux dissimulé sous les bananiers.....

La première de ces initiées a mission de soutenir pendant l'opération la lourde personne royale. La seconde tient à la main des feuilles de *Lourao*, choisies soigneusement parmi les plus fraîches et les plus tendres... La troisième qui commence son office lorsque les deux premières ont achevé le leur, — porte une fiole d'huile de cocotier parfumée au sandal (monoï), dont elle est chargée d'oindre les parties que le frottement des feuilles de bourao aurait pu momentanément irriter ou endolorir.....

La séance levée, — le cortège rentre gravement au palais.....

XLVI

... Rarahu et Tiahoui s'étaient invectivées d'une manière extrêmement violente. — De leurs

bouches fraîches étaient sorties pendant plusieurs minutes, sans interruption ni embarras,
les injures les plus enfantines et les plus saugrenues, — les plus inconvenantes aussi (le tahitien,
comme le latin « dans les mots bravant l'hon-
nêteté »).

C'était la première dispute entre les deux petites, et cela amusait beaucoup la galerie ; toutes
les jeunes femmes étendues au bord du ruisseau
de Fataoua riaient à gorge déployée et les exci-
taient :

— Tu es heureux, Loti, disait Télouara, c'est
pour toi qu'on se dispute !.....

Le fait est que c'était pour moi en effet ; Rarahu avait eu un mouvement de jalousie contre
Tiahoui, et là était l'origine de la discussion.

Comme deux chattes qui vont se rouler et
s'égratigner, les deux petites se regardaient,
blêmes, immobiles, tremblantes de colère :

— *Tinito oufa !* cria Tiahoui, à bout d'argu-
ments ; en faisant une allusion sanglante à la
belle tapa de gaze verte (mignonne de Chinois) !

— *Oviri, Amutaata !* (sauvagesse, cannibale) !
riposta Rarahu qui savait que son amie était
venue toute petite d'une des plus lointaines îles

Poa otous, — et que si Tiahoui elle-même n'était
point cannibale, assurément on l'avait été dans
sa famille.

Des deux côtés l'injure avait porté, et les deux
petites, se prenant aux cheveux, s'égratignèrent
et se mordirent.

On les sépara ; elles se mirent à pleurer, et
puis, Rarahu s'étant jetée dans les bras de Tiahoui, toutes deux, qui s'adoraient finirent par
s'embrasser de tout leur cœur.....

XLVII

Tiahoui, dans son effusion, avait embrassé
Rarahu avec le nez, — suivant une vieille habitude oubliée de la race maorie, — habitude qui
lui était revenue de son enfance et de son île
barbare ; elle avait embrassé son amie en posant
son petit nez sur la joue ronde de Rarahu, et en
aspirant très fort.

C'est ainsi, en reniflant, que s'embrassaient
jadis les maoris, — et le baiser des lèvres leur
est venu d'Europe.....

Et Rarahu, malgré ses larmes, eut encore en me regardant un sourire d'intelligence comique, qui voulait dire à peu près ceci :

— Vois-tu, cette petite sauvage !... que j'avais bien raison, Loti, de l'appeler ainsi !... mais je l'aime bien tout de même !.....

Et de toutes leurs forces les deux petites s'embrassaient, et, l'instant d'après, tout était oublié.

XLVIII

En suivant sous les minces cocotiers les blanches plages tahitiennes, — sur quelque pointe solitaire regardant l'immensité bleue, en quelque lieu choisi avec un goût mélancolique par des hommes des générations passées, — de loin en loin on rencontre les monticules funèbres, les grands tumulus de corail... Ce sont les *maraé*, les sépultures des chefs d'autrefois; et l'histoire de ces morts qui dorment là-dessous se perd dans le passé fabuleux et inconnu qui précéda la découverte des archipels de la Polynésie. — Dans toutes les îles habitées par les maoris, les *maraé* se retrouvent sur les plages. Les insulaires mystérieux de Rapa-Nui ornaient ces tombeaux de statues gigantesques au masque horrible; les Tahitiens y plantaient seulement des bouquets d'arbres de fer. L'arbre de fer est le cyprès de là-bas, son feuillage est sombre et triste; le vent de la mer a un sifflement particulier en passant dans ses branches rigides... Ces tumulus restés blancs, malgré les années, de la blancheur du corail, et surmontés de grands arbres noirs, — évoquent les souvenirs de la terrible religion du passé; c'étaient aussi les autels où les victimes humaines étaient immolées à la mémoire des morts.

— Tahiti, disait Pomaré, était la seule île où, même dans les plus anciens temps, les victimes n'étaient pas mangées après le sacrifice; on faisait seulement le simulacre du repas macabre; les yeux, enlevés de leurs orbites, étaient mis ensemble sur un plat et servis à la reine, — horrible prérogative de la souveraineté. (*Recueilli de la bouche de Pomaré.*)

XLIX

Tahaapaïru, le père adoptif de Rarahu exerçait une industrie tellement originale que dans
notre Europe, si féconde en inventions de tous
genres, on n'a certes encore rien imaginé de
semblable.

Il était fort vieux, ce qui en Océanie n'est pas
chose commune ; de plus il avait de la barbe et
de la barbe blanche, objet des plus rares là-bas.
Aux îles Marquises la barbe blanche est une den-
rée presque introuvable qui sert à fabriquer des
ornements précieux pour la coiffure et les oreilles
de certains chefs, — et quelques vieillards y sont
soigneusement entretenus et conservés pour
l'exploitation en coupes réglées de cette partie
de leur personne.

Deux fois par an, le vieux Tahaapaïru coupait
la sienne, et l'expédiait à Hivaoa, la plus barbare
des îles Marquises, où elle se vendait au prix de
l'or.

L

... Rarahu examinait avec beaucoup d'atten-

tion et de terreur une tête de mort que je tenais
sur mes genoux.

Nous étions assis tout en haut d'un tumulus
de corail, au pied des grands bois de fer. C'était
le soir, dans le district perdu de Papenoo ; le
soleil plongeait lentement dans le grand Océan
vert, au milieu d'un étonnant silence de la nature.

Ce soir-là, je regardais Rarahu avec plus de
tendresse ; c'était la veille d'un départ ; le *Rendeer* allait s'éloigner pour un temps, et visiter
au nord l'archipel des Marquises.

Rarahu, sérieuse et recueillie, était plongée
dans une de ses rêveries d'enfant que je ne savais
jamais qu'imparfaitement pénétrer. Un moment
elle avait été tout illuminée de lumière dorée,
et puis, le radieux soleil s'étant abîmé dans la
mer, elle se profilait maintenant en silhouette
svelte et gracieuse sur le ciel du couchant.....

Rarahu n'avait jamais regardé d'aussi près cet
objet lugubre qui était posé là sur mes genoux
et qui, pour elle comme pour tous les Polynésiens, était un horrible épouvantail.

On voyait que cette chose sinistre éveillait

dans son esprit inculte une foule d'idées nouvelles, — sans qu'elle pût leur donner une forme
précise.....

Cette tête devait être fort ancienne ; elle était
presque fossile, — et teinte de cette nuance
rouge que la terre de ce pays donne aux pierres
et aux ossements..... La mort a perdu de son
horreur quand elle remonte aussi loin.....

... « Riaria ! » disait Rarahu... Riaria, mot
tahitien qui ne se traduit qu'imparfaitement par
le mot *épouvantable*, — parce qu'il désigne là-bas
cette terreur particulièrement sombre qui vient
des spectres ou des morts.....

— « Qu'est-ce qui peut tant t'effrayer dans ce
pauvre crâne ? » demandai-je à Rarahu.....

Elle répondit en montrant du doigt la bouche
édentée :

— « C'est son rire, Loti ; c'est son rire de
Toupapahou..... »

... Il était une heure très avancée de la nuit
quand nous fûmes de retour à Apiré, et Rarahu
avait éprouvé tout le long du chemin des frayeurs
très grandes... Dans ce pays où l'on n'a absolument rien à redouter, ni des plantes, ni des bêtes,
ni des hommes ; où on peut n'importe où s'en-

dormir en plein air, seul et sans une arme, les
indigènes ont peur de la nuit, et tremblent devant
les fantômes.....

Dans les lieux découverts, sur les plages, cela
allait encore ; Rarahu tenait ma main serrée
dans la sienne, et chantait des *himéné* pour se
donner du courage.....

Mais il y eut un certain grand bois de cocotiers
qui fut très pénible à traverser.....

Rarahu y marchait devant moi, en me donnant
les deux mains par derrière, — procédé peu
commode pour aller vite, — elle se sentait plus
protégée ainsi, et plus sûre de n'être point traî-
treusement saisie aux cheveux par la tête de
mort couleur de brique.....

Il faisait une complète obscurité dans ce bois,
et on y sentait une bonne odeur répandue par
les plantes tahitiennes... Le sol était jonché de
grandes palmes desséchées qui craquaient sous
nos pas. On entendait en l'air ce bruit particulier
aux bois de cocotiers, le son métallique des
feuilles qui se froissent ; on entendait derrière
les arbres des rires de Toupapahous ; et à
terre, c'était un grouillement repoussant et

horrible : la fuite précipitée de toute une population de crabes bleus, qui à notre approche se hâtaient de rentrer dans leurs demeures souterraines.....

LI

... Le lendemain fut une journée d'adieux fort agitée.....

Le soir je comptais voir enfin Taïmaha ; elle était revenue à Taïti, m'avait-on dit, et je lui avais fait donner rendez-vous par l'intermédiaire d'une des suivantes de la reine, sur la plage de Fareute à la tombée de la nuit.....

Quand, à l'heure fixée, j'arrivai dans ce lieu isolé, j'aperçus une femme immobile qui semblait attendre, la tête couverte d'un épais voile blanc...

Je m'approchai et j'appelai, Taïmaha ! — La femme voilée me laissa plusieurs fois répéter ce nom sans répondre ; elle détournait la tête, et riait sous les plis de la mousseline.....

J'écartai le voile, et découvris la figure connue de Faïmana, qui se sauva en éclatant de rire.....

Faïmana ne me dit point quelle aventure amoureuse l'avait amenée dans cet endroit où elle était vexée de m'avoir rencontré; elle n'avait jamais entendu parler de Taïmaha, et ne put me donner sur elle aucun renseignement.....

Force me fut de remettre à mon retour une tentative nouvelle pour la voir; il semblait que cette femme fût un mythe, ou qu'une puissance mystérieuse prît plaisir à nous éloigner l'un de l'autre, nous réservant pour plus tard une entre-vue plus saisissante.....

Nous partîmes le lendemain matin un peu avant le jour; Tiahoui et Rarahu vinrent à l'heure des dernières étoiles m'accompagner jusqu'à la plage.....

Rarahu pleura abondamment, — bien que la durée du voyage du *Rendeer* ne dût pas dépasser un mois; elle avait le pressentiment peut-être que le temps délicieux que nous venions de passer tous deux ne se retrouverait plus.....

L'idylle était finie... Contre nos prévisions humaines, ces heures de paix et de frais bonheur écoulées au bord du ruisseau de Fataoua, s'en étaient allées pour ne plus revenir.....

DEUXIÈME PARTIE

I

HORS-D'ŒUVRE NUKA-HIVIEN.

(Qu'on peut se dispenser de lire, mais qui n'est pas très long.)

Le nom seul de Nuka-Hiva entraîne avec lui
l'idée de pénitencier et de déportation, — bien
que rien ne justifie plus aujourd'hui cette idée
fâcheuse. Depuis longues années, les condam-
nés ont quitté ce beau pays, et l'inutile cita-
delle de Taïohaé n'est déjà plus qu'une ruine.

Libre et sauvage jusqu'en 1842, cette île appar-
tient depuis cette époque à la France ; entraînée
dans la chute de Tahiti, des îles de la Société et
des Pomotous, elle a perdu son indépendance en
même temps que ces archipels abandonnaient
volontairement la leur.

Taïohaé, capitale de l'île, renferme une
douzaine d'Européens, le gouverneur, le pilote,
l'évêque missionnaire, — les frères, — quatre
sœurs qui tiennent une école de petites filles, —
et enfin quatre gendarmes.

Au milieu de tout ce monde, la reine déposs-
sédée, dépouillée de son autorité, reçoit du gouvernement une pension de six cents francs, plus
la ration des soldats pour elle et sa famille.

Les bâtiments baleiniers affectionnaient autrefois Taïohaé comme point de relâche, et ce pays
était exposé à leurs vexations ; des matelots in-
disciplinés se répandaient dans les cases indigènes et y faisaient grand tapage.

Aujourd'hui, grâce à la présence imposante
des quatre gendarmes, ils préfèrent s'ébattre dans
les îles voisines.

Les insulaires de Nuka-Hiva étaient nombreux
autrefois, mais de récentes épidémies d'importa-
tion européenne les ont plus que décimés.

La beauté de leurs formes est célèbre, et la
race des îles Marquises est réputée une des plus
belles du monde.

Il faut quelque temps néanmoins pour s'habi-
tuer à ces visages singuliers et leur trouver du

charme. Ces femmes, dont la taille est si gracieuse et si parfaite, ont les traits durs, comme
taillés à coups de hache, et leur genre de beauté
est en dehors de toutes les règles.

Elles ont adopté à Taïohaé· les longues tuniques de mousseline en usage à Tahiti ; elles por-
tent les cheveux à moitié courts, ébouriffés, crêpés, — et se parfument au sandal.

Mais dans l'intérieur du pays, ces costumes
féminins sont extrêmement simplifiés.....

Les hommes se contentent partout d'une
mince ceinture, le tatouage leur paraissant un
vêtement tout à fait convenable.

Aussi sont-ils tatoués avec un soin et un art
infini ; — mais, par une fantaisie bizarre, ces
dessins sont localisés sur une seule moitié du
corps, droite ou gauche, — tandis que l'autre
moitié reste blanche, ou peu s'en faut.

Des bandes d'un bleu sombre qui traversent
leur visage, leur donnent un grand air de sauvagerie, en faisant étrangement ressortir le blanc
des yeux et l'émail poli des dents.

Dans les îles voisines, rarement en contact avec
les Européens, toutes les excentricités des coif-

fures en plumes sont encore en usage, ainsi que
les dents enfilées en longs colliers et les touffes
de laine noire attachées aux oreilles.

Taïohaé occupe le centre d'une baie profonde,
encaissée dans de hautes et abruptes montagnes
aux formes capricieusement tourmentées. —
Une épaisse verdure est jetée sur tout ce pays
comme un manteau splendide; c'est dans toute
l'île un même fouillis d'arbres, d'essences utiles
ou précieuses; et des milliers de cocotiers,
haut perchés sur leurs tiges flexibles, balancent
perpétuellement leurs têtes au-dessus de ces
forêts.

Les cases peu nombreuses dans la capitale,
sont passablement disséminées le long de l'avenue ombragée qui suit les contours de la plage.

Derrière cette route charmante, mais unique,
quelques sentiers boisés conduisent à la montagne. L'intérieur de l'île, cependant, est tellement
enchevêtré de forêts et de rochers, que rarement
on va voir ce qui s'y passe, — et les communications entre les différentes baies se font par mer,
dans les embarcations des indigènes.

C'est dans la montagne que sont perchés les

vieux cimetières maoris, objet d'effroi pour tous, et résidence des terribles Toupapahous.....

Il y a peu de passants dans la rue de Taïohaé ; les agitations incessantes de notre existence européenne sont tout à fait inconnues à Nuka-Hiva. Les indigènes passent la plus grande partie du jour accroupis devant leurs cases, dans une immobilité de sphinx. Comme les Tahitiens, ils se nourrissent des fruits de leurs forêts, et tout travail leur est inutile... Si, de temps à autre, quelques-uns s'en vont encore pêcher par gourmandise, la plupart préfèrent ne pas se donner cette peine.

La *popoï*, un de leurs mets raffinés, est un barbare mélange de fruits, de poissons et de crabes fermentés en terre. Le fumet de cet aliment est inqualifiable.

L'anthropophagie, qui règne encore dans une île voisine, Hivaoa (ou la Dominique), est oubliée à Nuka-Hiva depuis plusieurs années. Les efforts des missionnaires ont amené cette heureuse modification des coutumes nationales ; à tout autre point de vue cependant, le christianisme superficiel des indigènes est resté sans action sur leur manière de vivre, et la dissolution de leurs mœurs dépasse toute idée. ...

On trouve encore en're les mains des indigènes plusieurs images de leur Dieu.

C'est un personnage à figure hideuse, semblable à un jeune embryon humain.

La reine a quatre de ces horreurs, sculptées sur le manche de son éventail.

II

PREMIÈRE LETTRE DE RARAHU A LOTI.

(Apportée aux Marquises par un bâtiment baleinier.)

Apiré i te 10 no mati 1872.

E Loti, tau taio rahi e,
E ta u tane iti here rahi,
ia ora na oe
i te Atua mau.
  Tau mafatu merahi peapea
  no te mea ua rave atu oe,

  no te mea aita nau miri-
miri faahou ia oe.
  I tui nei ra,
  e tau hoa iti here rahi,

Apiré, le 10 mai 1872.

O Loti, mon grand ami,
O mon petit époux chéri,
je te salue
par le vrai Dieu.
  Mon cœur est très triste
  de ce que tu es parti au loin,
  de ce que je ne te vois plus.
  Je te prie maintenant,
  ô mon petit ami chéri,

Ia tae mau atu teie nei
rata ia oe,
  e papai noa mai oe ia ù,
  i to oe na mau manao rii,

Ia mauruuru noa e a vau
E riro ra paha
ua ruri e to oe na manao,

te huru iho a rahoi ia
te taata nei,
  Ia taa e atu i taua ra vahine.

Aita roa tu e parau rii api
i Apiré nei,
maori ra e o Turiri,

tau pifare iti here rahi,
ua merahi mauiui,
  e pohe paha roa ino ia
oe e haere mai faahou.

Tirara tau parau iti.
Ia ora na oe.
                    Rarahu.

quand cette lettre te par-
viendra,
  de m'écrire,
  pour me faire connaître
tes pensées,
  afin que je sois contente.
  Il est arrivé peut-être
  que ta pensée s'est dé-
tournée de moi,
  comme il arrive ici aux
hommes,
  quand ils ont laissé leurs
femmes.
  Il n'y a rien de neuf
  à Apiré pour le moment,
  si ce n'est pourtant que
Turiri,
  mon petit chat très aimé,
  est fort malade,
  et sera peut-être abso-
lument mort quand tu re-
viendras.
  J'ai fini mon petit discours
Je te salue,
                    Rarahu.

III

LA REINE VAÉKÉHU.

... En suivant vers la gauche la rue de Taïohaé,
on arrive, près d'un ruisseau limpide, aux quar-

tiers de la reine. — Un figuier des Banians, développé dans des proportions gigantesques, étend son ombre triste sur la case royale. — Dans les replis de ses racines, contournées comme des reptiles, on trouve des femmes assises, vêtues le plus souvent de tuniques d'une couleur jaune d'or qui donne à leur teint l'aspect du cuivre. Leur figure est d'une dureté farouche ; elles vous regardent venir avec une expression de sauvage ironie.

Tout le jour assises dans un demi-sommeil, elles demeurent immobiles et silencieuses comme des idoles.....

C'est la cour de Nuka-Hiva, la reine Vaékéhu et ses suivantes.

Sous cette apparence peu engageante, ces femmes sont douces et hospitalières ; elles sont charmées si un étranger prend place près d'elles, et lui offrent toujours des cocos et des oranges.

Élisabeth et Atéria, deux suivantes qui parlent français, vous adressent alors, de la part de la reine, quelques questions saugrenues au sujet de la dernière guerre d'Allemagne. Elles parlent fort, mais lentement, et accentuent chaque mot d'une manière originale. Les batailles où plus de mille hommes sont engagés excitent leur sourire incrédule; la grandeur de nos armées dépasse leurs conceptions..:

L'entretien pourtant languit bientôt; quelques phrases échangées leur suffisent, leur curiosité est satisfaite, et la réception terminée; la cour se momifie de nouveau, et, quoi que vous fassiez pour réveiller l'attention, on ne prend plus garde à vous...

La demeure royale, élevée par les soins du gouvernement français, est située dans un recoin solitaire, entourée de cocotiers et de tamaris.

Mais au bord de la mer, à côté de cette habitation modeste, une autre case, case d'apparat, construite avec tout le luxe indigène, révèle encore l'élégance de cette architecture primitive.

Sur une estrade de larges galets noirs, de lourdes pièces de magnifique bois des îles soutiennent la charpente. La voûte et les murailles de l'édifice sont formées de branches de citronniers choisies entre mille, droites et polies comme des joncs; tous ces bois sont liés entre eux par des amarrages de cordes de diverses cou-

leurs, disposés de manière à former des dessins réguliers et compliqués.

Là encore, la Cour, la reine et ses fils passent
de longues heures d'immobilité et de repos, en
regardant sécher leurs filets à l'ardent soleil.

Les pensées qui contractent le visage étrange
de la reine restent un mystère pour tous, et le
secret de ses éternelles rêveries est impénétrable.
Est-ce tristesse ou abrutissement? Songe-t-elle
à quelque chose, ou bien à rien? Regrette-t-
elle son indépendance et la sauvagerie qui s'en
va, et son peuple qui dégénère et lui échappe?...

Atéria, qui est son ombre et son chien, serait
en position de le savoir; peut-être cette inévitable fille nous l'apprendrait-elle, mais tout
porte à croire qu'elle l'ignore; il se peut même
qu'elle n'y ait jamais songé...

Vaékéhu consentit avec une bonne grâce parfaite à poser pour plusieurs éditions de son
portrait; jamais modèle plus calme ne se laissa
examiner plus à loisir.

Cette reine déchue, avec ses grands cheveux
en crinière et son fier silence, conserve encore
une certaine grandeur...

IV

VAÉKÉHU A L'AGONIE.

Un soir, au clair de la lune, comme je passais seul dans un sentier boisé qui mène à la montagne, les suivantes m'appelèrent.

Depuis longtemps malade, leur souveraine, disaient-elles, s'en allait mourir.

Elle avait reçu l'extrême-onction de l'évêque missionnaire.

Vaékéhu — étendue à terre — tordait ses bras tatoués avec toutes les marques de la plus vive souffrance ; ses femmes, accroupies autour d'elle, avec leurs grands cheveux ébouriffés, poussaient des gémissements et menaient deuil (suivant l'expression biblique qui exprime parfaitement leur façon particulière de se lamenter).

On voit rarement dans notre monde civilisé des scènes aussi saisissantes ; dans cette case nue, ignorante de tout l'appareil lugubre qui ajoute en Europe aux horreurs de la mort, l'agonie de cette femme révélait une poésie inconnue, pleine d'une amère tristesse...

Le lendemain de grand matin, je quittai Nuka-Hiva pour n'y plus revenir, et sans savoir si la souveraine était allée rejoindre les vieux rois tatoués ses ancêtres.

Vaékéhu est la dernière des reines de Nuka-Hiva ; autrefois païenne et quelque peu canni-bale, elle s'était convertie au christianisme, et l'approche de la mort ne lui causait aucune ter-reur...

V

FUNÈBRE.

Notre absence avait duré juste un mois, le mois de mai 1872.

Il était nuit close, lorsque le *Rendeer* revint mouiller sur rade de Papeete, le 1er juin, à huit heures du soir.

Quand je mis pied à terre dans l'île délicieuse, une jeune femme qui semblait m'attendre, sous l'ombre noire des bouraos, s'avança et dit :

— « Loti, c'est toi ?... Ne t'inquiète pas de Rarahu ; elle t'attend à Apiré où elle m'a chargée de te ramener près d'elle. Sa mère Huamahine est morte la semaine passée; son père Tahaapaïru est mort ce matin, et elle est restée auprès de lui avec les autres femmes d'Apiré pour la veillée funèbre.

« Nous t'attendions tous les jours, continua Tiahoui, et nous avions souvent les yeux fixés sur l'horizon de la mer. Ce soir, au coucher du soleil, dès qu'une voile blanche a paru au large, nous avons reconnu le *Rendeer*; nous l'avons ensuite vu entrer par la passe de Tanoa, et c'est alors que je suis venue ici pour t'attendre. »

Nous suivîmes la plage pour gagner la campagne. Nous marchions vite, par des chemins détrempés; il était tombé tout le jour une des dernières grandes pluies de l'hivernage, et le vent chassait encore d'épais nuages noirs.

Tiahoui m'apprit en route qu'elle s'était mariée depuis quinze jours avec un jeune Tahitien nommé Téharo; elle avait quitté le district d'Apiré pour habiter avec son mari celui de Papéuriri, situé à deux jours de marche dans le sud-ouest. Tiahoui n'était plus la petite fille

rieuse et légère que j'avais connue. Elle causait
gravement, on la sentait plus femme et plus
posée.

Nous fûmes bientôt dans les bois. Le ruisseau
de Fataoua, grossi comme un torrent, grondait
sur les pierres; le vent secouait les branches
mouillées sur nos têtes, et nous couvrait de
larges gouttes d'eau.

Une lumière apparut de loin, brillant sous
bois, dans la case qui renfermait le cadavre de
Tahaapaïru.

Cette case qui avait abrité l'enfance de ma
petite amie, était ovale, basse comme toutes les
cases tahitiennes, et bâtie sur une estrade de
gros galets noirs. Les murailles en étaient faites
de branches minces de bourao, placées vertica-
lement et laissant des vides entre elles, comme
les barreaux d'une cage. A travers, on distinguait
des formes humaines immobiles, dont la lampe
agitée par le vent déplaçait les ombres fantastiques.

Au moment où je franchissais le seuil funèbre,
Tiahoui me repoussa brusquement à droite; —
je n'avais pas vu les deux grands pieds du mort

qui débordaient à gauche sur la porte ; — j'avais failli les heurter, — un frisson me parcourut le corps, et je détournai la tête pour ne les point voir.

Cinq ou six femmes étaient là, assises en rang le long du mur — et, au milieu d'elles, Rarahu fixant sur la porte un regard anxieux et sombre...

Rarahu m'avait reconnu au seul bruit de mon pas ; elle courut à moi et m'entraîna dehors...

VI

Nous nous étions embrassés longuement, en nous serrant dans nos bras enlacés, et puis nous nous étions assis tous deux sur la mousse humide, près de la case où dormait ce cadavre. Elle ne songeait plus à avoir peur, et nous causions tout bas, comme dans le voisinage des morts.

Rarahu était seule au monde, bien seule. Elle avait décidé de quitter le lendemain le toit de pandanus où ses vieux parents venaient de mourir...

— « Loti, disait-elle, si bas que sa petite voix
» douce était comme un souffle à mon oreille,
» Loti, veux-tu que nous habitions ensemble une
» case dans Papeete ? Nous vivrons comme vi-
» vaient ton frère Rôuéri et Taïmaha, comme
» vivent plusieurs autres qui se trouvent très
» heureux, et auxquels la reine ni le gouverneur
» ne trouvent rien à redire. Je n'ai plus que toi
» au monde et tu ne peux pas m'abandonner... »

— « Tu sais même qu'il y a des hommes de
» ton pays qui se sont trouvés si bien de cette
» existence, qu'ils se sont faits tahitiens pour ne
» plus partir... »

Je savais cela fort bien ; j'avais parfaitement
conscience de ce charme tout-puissant de volupté et de nonchalance ; et c'est pour cela que
je le redoutais un peu...

Cependant, une à une, les femmes de la veillée
funèbre étaient sorties sans bruit et s'en étaient
allées par le sentier d'Apiré. Il se faisait fort
tard...

— « Maintenant, rentrons, dit-elle... »

Les longs pieds nus se voyaient du dehors ;

nous passâmes devant, tous deux, avec un même
frisson de frayeur. Il n'y avait plus auprès du
mort qu'une vieille femme accroupie, une parente, qui causait à demi-voix avec elle-même.
Elle me souhaita le bonsoir à voix basse, et me
dit : « A parahi oé !... » (Assieds-toi !)

Alors je regardai ce vieillard, sur lequel tremblait la lueur indécise d'une lampe indigène. —
Ses yeux et sa bouche étaient à demi ouverts ; sa
barbe blanche avait dû pousser depuis la mort,
on eût dit un lichen sur de la pierre brune, ses
longs bras tatoués de bleu, qui avaient depuis
longtemps la rigidité de la momie, étaient tendus
droits de chaque côté de son corps, — ce qui surtout était saillant dans cette tête morte, c'étaient
les traits caractéristiques de la race polynésienne,
l'étrangeté maorie. — Tout le personnage était
le type idéal du Toupapahou.....

Rarahu ayant suivi mon regard, ses yeux tombèrent sur le mort ; — elle frissonna et détourna
la tête. — La pauvre petite se roidissait contre
la terreur ; elle voulait rester quand même auprès de celui qui avait entouré de quelques soins
son enfance. — Elle avait sincèrement pleuré la
vieille Huamahine, mais ce vieillard glacé n'a-

vait guère fait pour elle que la *laisser croître ;* elle ne lui était attachée que par un sentiment de respect et de devoir ; son corps effrayant qui était là ne lui inspirait plus qu'une immense horreur.....

... La vieille parente de Tahaapaïru s'était endormie. — La pluie tombait, torrentielle, sur les arbres, sur le chaume du toit, avec des bruits singuliers, des fracas de branches, des craquements lugubres. — Les Toupapahous étaient là dans le bois, se pressant autour de nous, pour regarder par toutes les fentes de la muraille ce nouveau personnage, qui, depuis le matin était des leurs. On s'attendait à toute minute à voir entre les barreaux passer leurs mains blêmes.....

— « Reste, ô mon Loti, disait Rarahu... Si tu » partais, demain je serais morte de frayeur..... »

... Et je restai toute la nuit auprès d'elle, tenant sa main dans les miennes ; je restai auprès d'elle jusqu'au moment où les premières lueurs du jour se mirent à filtrer à travers les barreaux de sa demeure. — Elle avait fini par s'endormir, sa petite tête délicieuse, amaigrie et triste, appuyée sur mon épaule. — Je l'étendis tout doucement sur des nattes, et m'en allai sans bruit. ...

Je savais que le matin les Toupapahous s'é-

vanouissent, et qu'à cette heure je pouvais sans
danger la quitter.....

VII

INSTALLATION.

..... Non loin du palais, derrière les jardins de
la reine, dans une des avenues les plus vertes et
les plus paisibles de Papeete, était une petite
case fraîche et isolée. —·Elle était bâtie au pied
d'une bouillée de cocotiers si hauts, qu'on eût
dit là-dessous une habitation microscopique de
lilliputiens. — Elle avait sur la rue une vérandah
que garnissaient des guirlandes de vanille. —
Derrière était un enclos, fouillis de mimosas, de
lauriers-roses et d'hibiscus. — Des pervenches
roses croissaient par touffes tout alentour, fleu-
rissaient sur les fenêtres et jusque dans les appartements. — Tout le jour on était à l'ombre dans
ce recoin, et le calme n'y était jamais troublé.

Là, huit jours après la mort de son père adoptif, Rarahu vint s'établir avec moi.

C'était son rêve accompli.

VIII

MUO FARÉ.

Un beau soir de l'hiver austral, — le 12 juin 1872, — il y eut grande réception chez nous : c'était le *muo-faré*, — la consécration du logis. — Nous donnions un grand *amurama*, un souper et un thé. — Les convives étaient nombreux, et deux Chinois avaient été enrôlés pour la circonstance, gens habiles à composer des pâtisseries fines, au gingembre, — et à construire des pièces montées d'un aspect fantastique.

Au nombre des invités était d'abord John, mon frère John, qui passait au milieu des fêtes de là-bas, comme une belle figure mystique, inexplicable pour les Tahitiennes qui jamais ne trouvaient le chemin de son cœur, ni le côté vulnérable de sa pureté de néophyte.

Il y avait encore Plumkett, dit Remuna, — le prince Touinvira, le plus jeune fils de Pomaré, — et deux autres initiés du Rendeer. — Et puis toute la bande voluptueuse des suivantes de la

cour, Faimana, Téria, Maramo, Raouréa, Ta-
rahu, Eréré, Taouna, jusqu'à la noire Tétouara.

Rarahu avait oublié sa rancune de petite fille
contre toutes ces femmes, maintenant qu'elle
allait en maîtresse leur faire les honneurs du
logis ; — absolument comme Louis XII, roi de
France, oublia les injures du duc d'Orléans.

Aucun des invités ne manqua au rendez-vous,
et le soir, à onze heures, la case fut remplie de
jeunes femmes en tunique de mousseline, couronnées de fleurs, buvant gaiement du thé, des
sirops, de la bière, croquant du sucre et des
gâteaux, et chantant des *himéné*.

Dans le courant de la soirée, il se produisit
un incident bien regrettable, au point de vue du
décorum anglais. Le grand chat de Rarahu,
apporté le matin même d'Apiré et qu'on avait
par prudence enfermé dans une armoire, fit une
brusque apparition sur la table, — effaré, pous-
sant des cris de désespoir, chavirant les tasses et
sautant aux vitres.

Sa petite maîtresse l'embrassa tendrement et
le réintégra dans son armoire. — L'incident fut
clos de cette manière et, quelques jours plus tard,
ce même Turiri, complètement apprivoisé, de-

vint un chat citadin, des mieux éduqués et des
plus sociables.

A ce souper sardanapalesque, Rarahu était
déjà méconnaissable ; elle portait une toilette
nouvelle, 'une belle tapa de mousseline blanche à traîne qui lui donnait fort grand air ;
elle faisait les honneurs de chez elle avec aisance
et grâce, — s'embrouillant un peu par instants,
et rougissant après, mais toujours charmante.
— On me complimentait sur ma maîtresse ; les
femmes elles-mêmes, Faïmana la première, disaient : « Merahi menehenehé ! » (Qu'elle est
jolie !). — John était un peu sérieux, et lui souriait
tout de même avec bienveillance. — Elle rayonnait de bonheur ; c'était son entrée dans le
monde des jeunes femmes de Papeete, entrée
brillante qui dépassait tout ce que son imagination d'enfant avait pu concevoir et désirer.

C'est ainsi que joyeusement elle franchit le pas
fatal. Pauvre petite plante sauvage, poussée dans
les bois, elle venait de tomber comme bien d'autres dans l'atmosphère malsaine et factice où
elle allait languir et se faner.

IX

JOURS ENCORE PAISIBLES.

Nos jours s'écoulaient très doucement, au pied des énormes cocotiers qui ombrageaient notre demeure.

Se lever chaque matin, un peu après le soleil; franchir la barrière du jardin de la reine; et là, dans le ruisseau du palais, sous les mimosas, prendre un bain fort long, — qui avait un charme particulier, dans la fraîcheur de ces matinées si pures de Tahiti.

Ce bain se prolongeait d'ordinaire en causeries nonchalantes avec les filles de la cour, et nous menait jusqu'à l'heure du repas de midi. — Le dîner de Rarahu était toujours très frugal; comme autrefois à Apiré, elle se contentait des fruits cuits de l'arbre à pain, et de quelques gâteaux sucrés que les Chinois venaient chaque matin nous vendre.

Le sommeil occupait ensuite la plus grande partie de nos journées. — Ceux-là qui ont habité

sous les tropiques connaissent ce bien-être énervant du sommeil de midi. — Sous la vérandah de
notre demeure, nous tendions des hamacs d'a-
loës, et là nous passions de longues heures à rêver
ou à dormir, au bruit assoupissant des cigales.

Dans l'après-midi, c'était généralement l'amie
Téourahi que l'on voyait arriver, pour jouer aux
cartes avec Rarahu. — Rarahu, qui s'était fait
initier aux mystères de l'écarté, aimait passionnément, comme toutes les Tahitiennes, ce jeu
importé d'Europe ; et les deux jeunes femmes, assises l'une devant l'autre sur une natte,
passaient des heures, attentives et sérieuses, absolument captivées par les trente-deux petites
figures peintes qui glissaient entre leurs doigts.

Nous avions aussi la pêche au corail sur le
récif. — Rarahu m'accompagnait souvent en pirogue dans ces excursions, où nous fouillions l'eau
tiède et bleue, à la recherche de madrépores rares ou de porcelaines. — Il y avait toujours dans
notre jardin inculte, sous les broussailles d'orangers et de gardénias, des coquilles qui séchaient,
des coraux qui blanchissaient au soleil, mêlant
leur ramure compliquée aux herbes et aux pervenches roses.....

C'était là cette vie exotique, tranquille et ensoleillée, cette vie tahitienne telle que jadis l'avait menée mon frère Rouéri, telle que je l'avais entrevue et désirée, dans ces étranges rêves de mon enfance qui me ramenaient sans cesse vers ces lointains pays du soleil. — Le temps s'écoulait, et tout doucement se tissaient autour de moi ces mille petits fils inextricables, faits de tous les charmes de l'Océanie, qui forment à la longue des réseaux dangereux, des voiles sur le passé, la patrie et la famille, — et finissent par si bien vous envelopper qu'on ne s'échappe plus.....

... Rarahu chantait beaucoup toujours. Elle se faisait différentes petites voix d'oiseau, tantôt stridentes, tantôt douces comme des voix de fauvettes, et qui montaient jusqu'aux plus extrêmes notes de la gamme. — Elle était restée un des premiers sujets du chœur d'*himéné* d'Apiré...

De son enfance passée dans les bois, elle avait conservé le sentiment d'une poésie contemplative et rêveuse ; elle traduisait ses conceptions originales par des chants ; elle composait des *himéné* dont le sens vague et sauvage reste-

rait inintelligible pour des Européens auxquels on
chercherait à les traduire. — Mais je trouvais à
ces chants bizarres un singulier charme de tristesse, — surtout quand ils s'élevaient doucement
dans le grand silence des midis d'Océanie.....

Quand venait le soir, Rarahu s'occupait généralement de préparer ses couronnes de fleurs
pour la nuit. — Mais rarement elle les composait
elle-même ; il y avait certains Chinois en renom
qui savaient en fabriquer de très extraordinaires ;
avec des corolles et des feuilles de vraies fleurs
combinées ensemble, ils arrivaient à produire des
fleurs nouvelles et fantastiques, — vraies fleurs
de potiches, empreintes d'une grâce artificielle et
chinoise.....

Les fleurs de gardenia blanc, à l'odeur ambrée,
étaient toujours employées à profusion dans ces
grandes couronnes singulières, qui étaient le prin-
cipal luxe de Rarahu.

Un autre objet de parure, plus *habillé* que la
simple couronne de fleurs, était la couronne de *piia*,
faite d'une paille fine et blanche comme la paille
de riz, et tressée par les mains des Tahitiennes
avec une délicatesse et un art infinis. Sur la couronne de piia, se posait le *reva-reva* (de *reva-*

reva, flotter) qui complétait cette coiffure des fêtes, et s'épivardait comme un nuage, au moindre souffle du vent.....

Les reva-reva sont de grosses touffes de rubans transparents et impalpables, d'une nuance d'or-vert, que les Tahitiennes retirent du cœur des cocotiers.

La nuit venue, quand Rarahu était parée, et que ses grands cheveux étaient dénoués, nous partions ensemble pour la promenade. Nous allions circuler avec la foule devant les échoppes illuminées des marchands chinois, dans la grande rue de Papeete, ou bien faire cercle au clair de lune, autour des danseuses de Upa-Upa.

De bonne heure nous rentrions au logis, et Rarahu, qui se mêlait rarement aux plaisirs des autres jeunes femmes, était réputée partout pour une petite fille très sage.....

C'était encore pour nous deux une époque de tranquille bonheur, et cependant ce n'étaient plus nos jours de paix profonde, d'insouciante gaieté des bois de Fataoua.....

C'était déjà quelque chose de plus troublé et de plus triste. — Je l'aimais davantage, parce qu'elle était seule au monde, parce que pour le peuple de Papeete elle était ma femme. — Les habitudes douces de la vie à deux nous unissaient plus étroitement chaque jour ; et cependant cette vie qui nous charmait n'avait point de lendemain possible, elle allait se dénouer bientôt par le départ et la séparation.....

... Séparation des séparations, qui mettrait entre nous les continents et les mers, et l'épaisseur effroyable du monde.....

X

... Il avait été décidé que nous irions ensemble rendre une visite à Tiahoui, dans son district lointain, et Rarahu depuis longtemps s'était promis une grande joie de ce voyage.

Un beau matin, par la route de Faaa, nous partîmes à pied tous deux, emportant sur l'épaule notre léger bagage de Tahitiens : une chemise blanche pour moi, deux *pareos*, et une *tapa* de mousseline rose pour Rarahu.....

On voyage dans cet heureux pays comme on
eût voyagé aux temps mystérieux de l'âge d'or,
si les voyages eussent été inventés à cette époque
reculée.....

Il n'est besoin d'emporter avec soi ni armes,
ni provisions, ni argent; l'hospitalité vous est
offerte partout, cordiale et gratuite, et dans toute
l'île il n'existe d'autres animaux dangereux que
quelques colons européens; encore sont-ils fort
rares, et à peu près localisés dans la ville de
Papeete.....

Notre première étape fut à Papara, où nous arrivâmes au coucher du soleil, après une journée
de marche; c'était l'heure où les pêcheurs indigènes revenaient du large dans leurs minces pirogues à balancier; les femmes du district les at-
tendaient groupées sur la plage, et nous n'eûmes
que l'embarras de choisir pour accepter un gîte.
L'une après l'autre, les pirogues effilées abordaient sous les cocotiers; les rameurs nus battaient l'eau tranquille à grands coups de pagayes,
et sonnaient bruyamment de leurs trompes de
coquillage, comme des tritons antiques; cela
était vivant et original, simple et primitif comme

une scène des premiers âges du monde.....

Dès l'aube, le lendemain, nous nous remîmes
en route.....

Le pays autour de nous devenait plus gran-
diose et plus sauvage. — Nous suivions sur le
flanc de la montagne un sentier unique, d'où la
vue dominait toute l'immensité de la mer, — çà
et là des îlots bas, couverts d'une végétation in-
vraisemblable ; des pandanus à la physionomie
antédiluvienne, des bois qu'on eût dit échappés
de la période éteinte du lias.. — Un ciel lourd et
plombé comme celui des âges détruits ; un soleil
à demi voilé, promenant sur le Grand-Océan
morne de pâles traînées d'argent.....

De loin en loin nous rencontrions les villages
cachés sous les palmiers, les huttes ovales aux
toits de chaume, et les graves Tahitiens, accroupis, occupés à suivre dans un demi-sommeil leurs
rêveries éternelles ; des vieillards tatoués, au regard de sphinx, à l'immobilité de statue ; je ne
sais quoi d'étrange et de sauvage qui jetait l'imagination dans des régions inconnues.....

Destinée mystérieuse que celle de ces peuplades polynésiennes, qui semblent les restes oubliés

des races primitives ; qui vivent là-bas d'immobilité et de contemplation, qui s'éteignent tout
doucement au contact des races civilisées, et
qu'un siècle prochain trouvera probablement
disparues.....

XI

A mi-chemin de Papéuriri, dans le district de
Maraa, Rarahu eut un moment de surprise et
d'admiration.....

Nous avions rencontré une grande grotte qui
s'ouvrait sur le flanc de la montagne comme
une porte d'église, et qui était toute pleine de
petits oiseaux. — Une colonie de petites hiron-
delles grises avaient, à l'intérieur, tapissé de leurs
nids les parois du rocher ; elles voltigeaient par
centaines un peu surprises de notre visite, et
s'excitant les unes les autres à crier et à chanter.

Pour les Tahitiens d'autrefois ces petites créatures était des « *varué* », des esprits, des âmes de
trépassés ; pour Rarahu ce n'étaient plus qu'une
famille nombreuse d'oiseaux ; pour elle qui n'en

avait jamais tant vu, c'était encore quelque
chose de nouveau et de charmant, et volontiers
elle fût restée là, en extase, à les entendre, à les
imiter.

Un pays idéal à son avis eût été un pays rém-
pli d'oiseaux, où tout le jour, dans les branches,
on les eût entendus chanter.

XII

Un peu avant d'arriver sur les terres du district de Papéuriri, nous trouvâmes sur le chemin
Téharo et Tiahoui qui venaient au-devant de nous.
Leur joie de nous rencontrer fut extrême et
bruyante ; les grandes manifestations entre amis
qui se retrouvent sont tout à fait dans le caractère tahitien.

Ces deux braves petits sauvages étaient encore
dans le premier quartier de leur lune de miel,
chose fort douce en Océanie comme ailleurs ; —
bien gentils tous deux, — et hospitaliers dans la
plus cordiale acception du terme.

Leur case était propre et soignée, classique
d'ailleurs, dans ses moindres détails. — Nous y
trouvâmes un grand lit qui nous était préparé,
recouvert de nattes blanches, et entouré de rideaux indigènes faits de l'écorce distendue et assouplie du mûrier à papier.

On nous fit grande fête à Papéuriri, et nous y
passâmes quelques journées délicieuses. — Le
soir par exemple c'était triste, et dans l'obscurité
je sentais, quoi qu'on fît pour nous égayer, la
solitude et la sauvagerie de ce recoin de la terre.
La nuit, quand on entendait au loin le son plaintif des flûtes de roseau, ou le bruit lugubre des
trompes de coquillage, j'avais conscience de
l'effroyable distance de la patrie, et un sentiment
inconnu me serrait le cœur.

Il y eut chez Tiahoui des repas magnifiques en
notre honneur, — auxquels tout le village était
convié : des menus très particuliers, des petits
cochons rôtis tout entiers sous l'herbe, — des
fruits exquis au dessert, — et puis des danses,
et de charmants chœurs d'*himéné*.

J'avais fait le voyage en costume tahitien,
pieds et jambes nus, vêtu simplement de la che-

mise blanche et du pareo national. Rien n'empêchait qu'à certains moments je ne me puisse
pour un indigène, et je me surprenais à souhai-
ter parfois en être réellement un ; j'enviais le
tranquille bonheur de nos amis, Tiahoui et
Téharo ; dans ce milieu qui était le sien, Rarahu
se retrouvait plus elle-même, plus naturelle et
plus charmante ; — la petite fille gaie et rieuse
du ruisseau d'Apiré reparaissait avec toute sa
naïveté délicieuse. — Et pour la première fois je
songeais qu'il pourrait y avoir un charme
étrange à aller vivre avec elle comme avec une
petite épouse, dans quelque district bien perdu,
dans quelqu'une des îles les plus lointaines
et les plus ignorées des domaines de Pomaré ; —
à être oublié de tous et mort pour le monde ; —
à la conserver là telle que je l'aimais, singulière
et sauvage, avec tout ce qu'il y avait en elle de
fraîcheur et d'ignorance.

XIII

Ce fut une des belles époques de Papeete que

l'année 1872. — Jamais on n'y vit tant de fêtes,
de danses et d'*amuramas*.

Chaque soir, c'était comme un vertige. —
Quand la nuit tombait les Tahitiennes se paraient
de fleurs éclatantes ; les coups précipités du tam-
tam les appelaient à la upa-upa, — toutes accou-
raient, les cheveux dénoués, le torse à peine couvert d'une tunique de mousseline, — et les
danses, affolées et lascives, duraient souvent jusqu'au matin.

Pomaré se prêtait à ces saturnales du passé,
que certain gouverneur essaya inutilement d'in-
terdire : elles amusaient la petite princesse qui
s'en allait de jour en jour, quoi qu'on fît pour
enrayer son mal, et tous les expédients étaient
bons pour la distraire.

C'était le plus souvent devant la terrasse du
palais qu'avaient lieu ces fêtes, auxquelles se
pressaient toutes les femmes de Papeete. — La
reine et les princesses sortaient de leur demeure,
et venaient au clair de lune, en spectatrices nonchalantes, s'étendre sur des nattes.

Les Tahitiennes battaient des mains, et accom-
pagnaient le tamtam d'un chant en chœur, rapide
et frénétique ; — chacune d'elles à son tour

exécutait une figure ; le pas et la musique, lents
au début, s'accéléraient bientôt jusqu'au délire ;
et quand la danseuse épuisée s'arrêtait brusquement sur un grand coup de tambour, une autre
s'élançait à sa place, et qui la surpassait en impudeur et en frénésie.

Les filles des Pomotous formaient d'autres
groupes plus sauvages, et rivalisaient avec celles
de Tahiti. Coiffées d'extravagantes couronnes de
datura, ébouriffées comme des folles, elles dansaient sur un rythme plus saccadé et plus bizarre, — mais d'une manière si charmante aussi,
qu'entre les deux on ne savait ce que l'on pré-
férait.

Rarahu aimait passionnément ces spectacles qui
lui brûlaient le sang, — mais elle ne dansait jamais. Elle se parait comme les autres jeunes
femmes, laissait tomber sur ses épaules les
masses lourdes de ses cheveux, et se couronnait
de fleurs rares ; — et puis, pendant des heures,
elle restait assise auprès de moi sur les marches
du palais, captivée et silencieuse.

Nous partions la tête en feu; nous rentrions
dans notre case, comme grisés de ce mouvement

et de ce bruit, et accessibles à toutes sortes de
sensations étranges.

Ces soirs-là, il semblait que Rarahu fût une
autre créature. La upa-upa réveillait au fond de
son âme inculte la volupté fiévreuse et la sauvagerie.

XIV

Rarahu portait le costume de son pays, les
tuniques libres et sans taille appelées « tapa ».
— Les siennes, qui étaient longues et traînantes,
avaient une élégance presque européenne.

Elle savait déjà distinguer certaines coupes
nouvelles de manches ou de corsage, certaines
façons laides ou gracieuses. Elle était déjà une
petite personne civilisée et coquette.

Dans le jour, elle se coiffait d'un large chapeau
en paille blanche et fine de Tahiti, qu'elle mettait
tout en avant sur ses yeux ; sur le fond, plat
comme le fond d'un chapeau de marin, elle posait une couronne de feuilles naturelles ou de
fleurs.

Elle était devenue plus blanche, à l'ombre,

en vivant de la vie citadine, et mainte « *Anda-
louse au sein bruni* » eût semblé plus basanée que
ma petite épouse. Sans le léger tatouage de son
front, sur lequel les autres la raillaient et que
moi j'aimais, on eût dit une jeune fille blanche.
— Et cependant, sous certains jours, il y avait sur
sa peau des reflets fauves, des teintes exotiques
de cuivre rose, — qui rappelaient encore la race
maorie, sœur des races peau rouge de l'Amérique.

Dans le monde de Papeete, elle se posait et
s'affirmait de plus en plus comme la sage et indiscutable petite femme de Loti ; — et aux soirées du
gouvernement la reine me disait en me tendant
la main : « Loti, comment va Rarahu ? »

Dans la rue, on la remarquait quand elle passait ; les nouveaux venus de la colonie s'infor-
maient de son nom ; à première vue même, on
était captivé par ce regard si expressif, par ce fin
profil et ces admirables cheveux.

Elle était plus femme aussi, sa taille parfaite
était plus formée et plus arrondie. — Mais ses
yeux se cernaient par instants d'un cercle
bleuâtre, et une toute petite toux sèche, comme
celle des enfants de la reine, soulevait de temps
en temps sa poitrine.

Au moral, une grande et rapide transformation s'accomplissait en elle, et j'avais peine à suivre l'évolution de son intelligence. — Elle était assez civilisée déjà pour aimer que je l'appelasse « petite sauvage », — pour comprendre que cela me charmait, et qu'elle ne gagnerait rien à copier la manière des femmes blanches.

Elle lisait beaucoup dans sa bible, et les promesses radieuses de l'Évangile lui causaient des extases ; elle avait des heures de foi ardente et mystique, son cœur était rempli de contradictions ; on y trouvait les sentiments les plus opposés, confondus et pêle-mêle ; elle n'était jamais deux jours de suite la même créature.

Elle avait quinze ans à peine; ses notions sur toutes choses étaient fausses et enfantines ; son extrême jeunesse donnait un grand charme à toute cette incohérence de ses idées et de ses conceptions.

Dieu sait que, dans les limites de ma faible foi, je la dirigeais avec amour vers tout ce qui me semblait bon et honnête. Dieu sait que jamais un mot ni un doute de ma part ne venait ébranler sa confiance naïve dans l'éternité et la rédemption, et bien qu'elle ne fût que ma maîtresse, je la traitais un peu comme si elle eût été ma femme.

Mon frère John passait une partie de . ses journées auprès de nous ; quelques amis euro- péens, du Rendeer ou du personnel colonial français, nous visitaient souvent aussi, dans notre case paisible : on se trouvait bien chez nous... La plupart d'entre eux n'entendaient pas le tahitien ; mais la petite voix douce et le frais sourire de Rarahu charmaient ceux qui ne savaient pas comprendre son langage ; tous l'aimaient et la distinguaient comme une per- sonnalité à part, ayant droit aux mêmes égards qu'une femme blanche. . . . .

XV

Depuis longtemps je pouvais couramment parler le « *tahitien de la plage* » qui est au tahitien pur ce que le *petit-nègre* est au français ; — mais je commençais aussi à m'exprimer sans embarras au moyen des mots corrects et des tournures

bizarres d'autrefois, et Pomaré consentait à
tenir de longues conversations avec moi. J'avais
deux personnes qui pouvaient me comprendre
et m'aider dans l'étude de cette langue qui
bientôt ne se parlera plus : Rarahu et la reine.

La reine, pendant nos longues parties d'écarté,
me reprenait avec intérêt, charmée de me voir
apprendre et aimer cette langue destinée à disparaître.

Je trouvais plaisir à l'interroger sur les légendes, les coutumes et les traditions du passé...
Elle parlait lentement, d'une voix basse et
rauque ; je recueillais de sa bouche d'étranges
récits sur les temps anciens, sur ces temps
mystérieux et oubliés que les maoris appellent :
« *la nuit.* »

Le mot « *po* », en tahitien, désigne en même
temps la nuit, l'obscurité et les époques légen-
daires dont les vieillards ne se souviennent plus.

XVI

LA LÉGENDE DES POMOTOUS (racontée par la
reine Pomaré).

« Les îles *Pomotous* (îles de la nuit ou îles soumises), nom que nous avons changé aujourd'hui sur la demande de leurs chefs en celui de *Tuamo- tous* (îles éloignées), renferment encore aujour- d'hui, tu le sais, de pauvres cannibales.

« Elles furent peuplées les dernières de toutes les îles de nos archipels. Des génies de l'eau les gardaient jadis, et battaient si fort la mer de leurs grandes ailes d'albatros que personne n'en pouvait approcher. A une époque fort reculée, ils furent battus et détruits par le Dieu Taaroa.

» C'est depuis leur défaite que les premiers maoris ont pu venir habiter les Pomotous. »

XVII

LÉGENDE DES LUNES.

« La légende océanienne rapporte que jadis cinq lunes étaient au ciel, au-dessus du Grand Océan. Elles avaient des visages humains, plus accusés que la lune actuelle, et jetaient des ma- léfices sur les premiers hommes qui habitaient Tahiti ; ceux qui levaient la tête pour les fixer

étaient pris de folies étranges. — Le grand dieu
Taaroa se mit à les conjurer. Alors elles s'agitè-
rent ; — on les entendit chanter ensemble dans
l'immensité, avec de grandes voix lointaines et
terribles ; elles chantaient des chants magiques
en s'éloignant de la terre. Mais, sous la puissance
de Taaroa, elles commencèrent à trembler,
furent prises de vertige, et tombèrent avec un
bruit de tonnerre sur l'océan qui s'ouvrait en
bouillonnant pour les recevoir.

» Ces cinq lunes en tombant formèrent les îles
de Bora-Bora, Emeo, Huabine, Raïatéa et
Toubouai-Manou. »

XVIII

Le prince Tamatoa était assis près de moi sous
la vérandah du palais. C'était un peu avant les
scènes atroces qui le firent enfermer de nouveau
dans la prison de Taravao. Il tenait sur ses
genoux sa pâle petite fille, Pomaré V, qu'il ca-
ressait doucement dans ses larges mains terribles.
Et la vieille reine les considérait tous deux, avec

8.

une expression de tendresse infinie, et d'inexprimable tristesse.

La petite princesse était fort triste aussi ; elle tenait à la main un oiseau mort, et contemplait une cage vide avec des yeux pleins de larmes.

Ç'était un oiseau chanteur, bête peu connue à Tahiti, rareté qu'on lui avait apportée d'Amérique, et dont la possession lui avait causé une joie très grande.

« Loti, dit-elle, l'*amiral à cheveux blancs* nous a prévenus que ton navire irait bientôt à la terre de Californie (*i te fenua California*). Quand tu reviendras de là-bas, je veux que tu m'apportes une très grande quantité d'oiseaux, une cage entièrement pleine ; et je les ferai s'envoler dans les bois de Fataoua afin qu'il y ait, quand je serai grande, dans notre pays comme dans les autres, des oiseaux qui chantent. » . . . .

XIX

Dans l'île de Tahiti, la vie est localisée au bord

de la mer ; les villages sont tous disséminés le long des plages, et le centre est désert.

Les zones intérieures sont inhabitées et couvertes de forêts profondes. Ce sont des régions sauvages, coupées par des remparts d'inaccessibles montagnes et où règne un éternel silence. Dans les vallées étrangement encaissées du centre, la nature est sombre et imposante ; de grands mornes surplombent les forêts, et des pics aigus se dressent dans l'air ; on est là comme au pied de cathédrales fantastiques, dont les flèches accrochent les nuages au passage ; tous les petits nuages errants que le vent alisé promène sur la grande mer sont arrêtés au vol ; ils viennent s'amonceler contre les parois de basalte, pour redescendre en rosée, ou retomber en ruisseaux et en cascades. Les pluies, les brumes épaisses et tièdes entretiennent dans les gorges une verdure d'une inaltérable fraîcheur, des mousses inconnues et d'étonnantes fougères.

En sens inverse des cascades du bois de Boulogne et de Hyde-Park, la cascade de Fataoua tombe là-bas, en-dessous du vieux monde, troublant de son grand bruit monotone cette nature si profondément calme et silencieuse.

A environ mille mètres plus haut que la case abandonnée de Huamahine et de Tahaapaïru, en remontant le cours du ruisseau, dans les bois et les rochers, on arrive à cette cascade célèbre en Océanie, que Tiahoui et Rarahu m'avaient autrefois souvent fait visiter.

Nous n'y étions pas revenus depuis notre installation à Papeete, et nous y fîmes, en septembre, une excursion qui marqua dans nos souvenirs.

En passant, Rarahu voulut revoir d'abord la case de ses vieux parents morts ; elle entra en me tenant par la main sous le chaume déjà effondré de son ancienne demeure et regarda en silence les objets familiers que le temps et les hommes avaient encore laissés à leur place. Rien n'avait été dérangé, dans cette case ouverte, depuis le jour où était parti le corps de Tahaapaïru. Les coffres de bois étaient encore là, avec les banquettes grossières, les nattes et la lampe indigène pendue au mur ; Rarahu n'avait emporté avec elle que la grosse bible des deux vieillards.

Nous continuâmes notre route, nous enfonçant dans la vallée par des sentiers touffus et ombreux, vrais sentiers de forêt vierge encaissés dans les rochers.

Au bout d'une heure de marche, nous entendîmes près de nous le bruit sourd et puissant de la chute. Nous arrivions au fond de la gorge obscure où le ruisseau de Fataoua, comme une grande gerbe argentée, se précipite de trois cents mètres de haut dans le vide.

Au fond de ce gouffre, c'était un vrai enchantement :

Des végétations extravagantes s'enchevêtraient à l'ombre, ruisselantes, trempées par un déluge perpétuel ; le long des parois verticales et noires, s'accrochaient des lianes, des fougères arborescentes, des mousses et des capillaires exquises. L'eau de la cascade, émiettée, pulvérisée par sa chute, arrivait en pluie torrentielle, en masse échevelée et furieuse.

Elle se réunissait ensuite en bouillonnant dans des bassins de roc vif, creusés et polis par la main patiente des siècles ; et puis se reformait en ruisseau, et continuait son chemin sous la verdure.

Une fine poussière d'eau était répandue comme un voile sur toute cette nature; tout en haut apparaissait le ciel, comme entrevu du fond d'un puits, et la tête des grands mornes à moitié perdus dans des nuages sombres.

Ce qui frappait surtout Rarahu, c'était cette agitation éternelle, au milieu de cette solitude tranquille : un grand bruit, et rien de vivant; — rien que la matière inerte suivant depuis des âges incalculables l'impulsion donnée au commencement du monde.

Nous prîmes à gauche par des sentiers de chèvre qui montaient en serpentant sur la montagne.

Nous marchions sous une épaisse voûte de feuillage; des arbres séculaires dressaient autour de nous leurs troncs humides, verdâtres, polis comme d'énormes piliers de marbre. — Les lianes s'enroulaient partout, et les fougères arborescentes étendaient leurs larges parasols, découpés comme de fines dentelles. En montant encore, nous trouvâmes des buissons de rosiers, des fouillis de rosiers en fleurs. — Les roses du Bengale de toutes les nuances s'épanouissaient là haut avec une singulière profusion, et à terre dans la mousse, c'étaient des tapis odorants de petites fraises des bois — on eût dit des jardins enchantés.

Rarahu n'était jamais allée si loin; elle éprouvait une terreur vague en s'enfonçant dans ces bois. Les paresseuses Tahitiennes ne s'aventurent guère dans l'intérieur de leur île, qui leur est aussi inconnu que les contrées les plus lointaines; c'est à peine si les hommes visitent quelquefois ces solitudes, pour y cueillir des bananes sauvages, ou y couper des bois précieux.

C'était si beau cependant qu'elle était ravie. — Elle s'était fait une couronne de roses, et déchirait gaiement sa robe à toutes les branches du chemin.

Ce qui nous charmait le plus tout le long de notre route, c'étaient ces fougères toujours, qui étalaient leurs immenses feuilles avec un luxe de découpure et une fraîcheur de nuances incomparables.

— Et nous continuâmes tout le jour à monter, vers des régions solitaires que ne traversait plus aucun sentier humain; devant nous s'ouvraient de temps à autre des vallées profondes, des déchirures noires et tourmentées; l'air de-

venait de plus en plus vif, et nous rencontrions
de gros nuages, aux contours nets et accusés,
qui semblaient dormir appuyés contre les mornes, les uns au-dessus de nos têtes, les autres
sous nos pieds.

XX

Le soir nous étions presque arrivés à la zone
centrale de l'île tahitienne, — au-dessous de nous
se dessinaient dans la transparence de l'air tous
les effondrements volcaniques, tous les reliefs
des montagnes, — de formidables arêtes de basalte partaient du cratère central, et s'en allaient
en rayonnant mourir sur les plages. — Autour de
tout cela, l'immense océan bleu; l'horizon monté
si haut, que par une commune illusion d'op-
tique, toute cette masse d'eau produisait à nos
yeux un étrange effet concave. La ligne des mers
passait au-dessus des plus hauts sommets; l'O-
roena, le géant des montagnes tahitiennes, la dominait seul de sa majestueuse tête sombre. —
Tout autour de l'île, une ceinture blanche et vapo-

reuse se dessinait sur la nappe bleue du Pacifique : l'anneau des récifs, la ligne des éternels brisants de corail.

Tout au loin apparaissaient l'îlot de Toubouaimanou et l'île de Moorea ; sur leurs pics bleuâtres, planaient de petits nuages colorés de teintes invraisemblables, qui étaient comme suspendus dans l'immensité sans bornes.

De si haut, nous observions, comme n'appartenant plus à la terre, tous ces aspects grandioses de la nature océanienne. — C'était si admirablement beau que nous restions tous deux en extase et sans rien nous dire, assis l'un près de l'autre sur les pierres.

— « Loti, demanda Rarahu après un long silence, quelles sont tes pensées ? (*E Loti, e aha ta oé manao iti ?*) »

— « Beaucoup de choses, répondis-je, que toi tu ne peux pas comprendre. Je pense, ô ma petite amie, que sur ces mers lointaines sont disséminés des archipels perdus ; que ces archipels sont habités par une race mystérieuse bientôt destinée à disparaître ; que tu es une enfant de cette race primitive ; — que tout en haut d'une de ces îles, loin des créatures humaines, dans une com-

plète solitude, moi, enfant du vieux monde, né
sur l'autre face de la terre, je suis là auprès de
toi, et que je t'aime.

» Vois-tu, Rarahu, à une époque bien reculée, avant que les premiers hommes ne fussent
nés, la main terrible d'Atua fit jaillir de la mer
ces montagnes ; l'île de Tahiti, aussi brûlante
que du fer rougi au feu, s'éleva comme une tempête, au milieu des flammes et de la fumée.

» Les premières pluies qui vinrent rafraîchir
la terre après ces épouvantes, tracèrent ce chemin que le ruisseau de Fataoua suit encore aujourd'hui dans les bois. — Tous ces grands aspects que tu vois sont éternels ; ils seront les
mêmes encore dans des centaines de siècles,
quand la race des Maoris aura depuis longtemps
disparu, et ne sera plus qu'un souvenir lointain
conservé dans les livres du passé.

— » Une chose me fait peur, dit-elle, ô Loti,
mon aimé (e *Loti, ta u here*) ; comment les premiers Maoris sont-ils venus ici, puisque aujour-
d'hui même ils n'ont pas de navires assez forts
pour communiquer avec les îles situées en dehors de leurs archipels ; comment ont-ils pu venir de ce pays si éloigné où d'après la Bible fut

créé le premier homme? Notre race diffère tellement de la tienne que j'ai peur, quoi que nous
disent les missionnaires, que votre Dieu sauveur
ne soit pas venu pour nous et ne nous recon-
naissê point. » . . . .

Le soleil, qui allait bientôt se lever sur l'Europe pour une matinée d'automne, s'abaissait
rapidement dans notre ciel; il jetait sur ces
tableaux gigantesques ses dernières lueurs dorées. — Les gros nuages qui dormaient sous nos
pieds dans les gorges de basalte prenaient d'extraordinaires teintes de cuivre; — à l'horizon, l'île
de Moorea s'épanouissait comme une braise, avec
ses grands pics rougis, — éblouissants de lumière.

Et puis tout cet incendie s'éteignit par la base,
et la nuit descendit, rapide et sans crépuscule,
et la Croix-du-Sud et toutes les étoiles australes
s'allumèrent dans le ciel profond.

— « Loti, dit Rarahu, — ton pays, à quelle
hauteur faudrait-il monter pour l'apercevoir?... »

XXI

... Quand l'obscurité fut venue, Rarahu eut
peur, cela va sans dire..,...

Le silence de cette nuit ne ressemblait à rien de connu. Les brisants, bien loin sous nos pieds, ne s'entendaient plus; — pas même un léger craquement de branches, pas même un bruissement de feuilles; l'atmosphère était immobile. — On ne peut trouver de silence semblable que dans ces régions désertes, où les oiseaux mêmes n'habitent pas....

Il y avait bien toujours autour de nous des silhouettes d'arbres et de fougères, tout comme si nous eussions été en bas, dans des bois bien connus de Fataoua; — mais on apercevait par échappées, à la lueur pâle qui tombait des étoiles, la vertigineuse concavité bleuâtre de l'Océan, et on était comme en proie au sublime de l'isolement et de l'immensité.....

Tahiti est un des rares pays où l'on puisse impunément s'endormir dans les bois, sur un lit de feuilles mortes et de fougères, avec un *pareo* pour couverture. — C'est là ce que nous fîmes bientôt tous deux, — après avoir toutefois choisi un lieu découvert, où aucune surprise ne fût à redouter de la part des Toupapahous... Encor, ces sombres rôdeurs de la nuit qui hantent de

préférence les lieux où des êtres humains ont
vécu, ne montent-ils guère aussi haut, dans les
régions presque vierges où nous étions couchés.....

Longtemps, je restai en contemplation du
ciel. — Des étoiles, et des étoiles... — des my-
riades d'étoiles brillantes, dans l'étonnante profondeur bleue ; toutes les constellations invisi-
bles à l'Europe, tournant lentement autour de la
Croix-du-sud......

... Rarahu contemplait, elle aussi, les yeux
grands ouverts et sans rien dire ; tour à tour elle
me regardait en souriant, ou regardait en l'air...
— Les grandes nébuleuses de l'hémisphère austral scintillaient comme des taches de phosphore,
laissant entre elles des espaces vides, de grandes
trouées noires, où on n'apercevait plus aucune
poussière cosmique, — et qui donnaient à l'imagination une notion apocalyptique et terrifiante
de l'immensité vide.....

Tout à coup, nous vîmes une terrible masse
noire qui descendait de l'Oroena et se dirigeait
lentement vers nous... — Elle avait des formes
extraordinaires, des aspects de cataclysme. —

En un instant elle nous enveloppa d'une obscurité si profonde que nous cessâmes de nous voir.
Une rafale passa dans l'air, nous couvrant de
feuilles et de branches mortes; — en même
temps qu'une pluie torrentielle nous inondait
d'eau glacée...

A tâtons, nous rencontrâmes le tronc d'un gros
arbre contre lequel nous nous mîmes à l'abri,
bien serrés l'un contre l'autre, — tremblant de
froid tous deux, — et elle, de frayeur aussi un
peu.....

Quand cette grande ondée fut passée, le jour
se leva, chassant devant lui les nuages et les fantômes. — En riant nous fîmes sécher nos vêtements au beau soleil, et, après un très frugal
repas tahitien, nous commençâmes à redescendre.....

XXII

... Le soir, harassés de fatigue, et très affamés
aussi, nous arrivions au bas de Fataoua sans incident nouveau...

Là se trouvaient deux jeunes hommes inconnus, qui revenaient des forêts ; ils étaient vêtus du pareo national noué autour des reins ; en passant dans la zone des rosiers, ils s'étaient fait de larges couronnes semblables à celle de Rarahu, et portaient au bout de longs bâtons leur récolte sur leurs épaules nues : de beaux fruits de l'arbre à pain, et des bananes sauvages, rouges et vermeilles.

Nous fîmes halte avec eux dans un bas-fond délicieux, sous une voûte odorante de citronniers en fleurs.

La flamme jaillit bientôt entre leurs mains, du frottement de deux branches sèches ; un grand feu fut allumé, et les fruits cuits sous l'herbe nous constituèrent un repas excellent dont les deux jeunes hommes inconnus nous offrirent joyeusement la moitié, comme c'est là-bas la coutume.....

Rarahu avait rapporté de cette expédition autant d'étonnements et d'émotions que d'un voyage en pays lointain.

Son intelligence d'enfant s'était ouverte à une foule de conceptions nouvelles, — sur l'immensité et sur la formation des mondes, sur la dispersion des races humaines, et le mystère de leurs destinées.....

XXIII

.... Elles étaient à Papeete deux élégantes personnes, Rarahu et son amie Téourahi, — qui donnaient le ton aux autres jeunes femmes pour certaines couleurs nouvelles d'étoffes, certaines fleurs ou certaines coiffures.

Elles allaient généralement pieds nus, les pauvres petites, et leur luxe, qui consistait surtout en couronnes de roses naturelles, était un luxe bien modeste. Mais le charme et la jeunesse de leurs figures, la perfection et la grâce antique de leurs tailles, leur permettaient encore, avec de si simples moyens, d'avoir l'air parées et d'être ravissantes.

Elles couraient souvent en mer, sur une mince pirogue à balancier qu'elles menaient elles-mêmes, et aimaient à venir en riant passer à poupe du *Rendeer*.

Quand elles naviguaient à la voile, leur frêle

embarcation, couchée par le vent alisé, prenait
des vitesses surprenantes, — et alors, debout
toutes deux, le regard animé, les cheveux flottants, elles glissaient sur l'eau comme des visions.
— Elles savaient, par des flexions habiles de
leur corps, maintenir l'équilibre de cette flèche
qui les emportait si vite, en laissant derrière
elles une longue traînée d'écume blanche.....

XXIV

> « Tahiti la délicieuse, cette
> reine polynésienne, cette île d'Eu-
> rope au milieu de l'Océan sau-
> vage, — la perle et le diamant
> du cinquième monde. »
>
> (DUMONT D'URVILLE.)

La scène se passait chez la reine Pomaré, en
novembre 1872.

La cour, qui est le plus souvent pieds nus,
étendue sur l'herbe fraîche ou sur les nattes de
pandanus, était en fête ce soir-là, et en habits de
luxe.

J'étais assis au piano, et la partition de l'*Afri-*

caine était ouverte devant moi. Ce piano, arrivé le matin, était une innovation à la cour de Tahiti ; c'était un instrument de prix qui avait des sons doux et profonds, — comme des sons d'orgue ou de cloches lointaines, — et la musique de Meyerbeer allait pour la première fois être entendue chez Pomaré.

Debout près de moi, il y avait mon camarade Randle, qui laissa plus tard le métier de marin pour celui de premier ténor dans les théâtres d'Amérique, et eut un instant de célébrité sous le nom de Randetti, jusqu'au moment où, s'étant mis à boire, il mourut dans la misère.

Il était alors dans toute la plénitude de sa voix et de son talent, et je n'ai entendu nulle part de voix d'homme plus vibrante et plus délicieuse. Nous avons charmé à nous deux bien des oreilles tahitiennes, dans ce pays où la musique est si merveilleusement comprise par tous, même par les plus sauvages.

Au fond du salon, sous un portrait en pied d'elle-même, où un artiste de talent l'a peinte il y a quelque trente ans, belle et poétisée, était assise la vieille reine, sur son trône doré, — ca-

pitonné de brocart rouge. — Elle tenait dans ses
bras sa petite fille mourante, la petite Pomaré V,
qui fixait sur moi ses grands yeux noirs, agrandis
par la fièvre.

La vieille femme occupait toute la largeur de
son siège par la masse disgracieuse de sa personne. — Elle était vêtue d'une tunique de velours cramoisi ; un bas de jambe nue s'emprison-
nait tant bien que mal dans une bottine de satin.

A côté du trône, était un plateau, rempli de
cigarettes de pandanus.

Un interprète en habit noir se tenait debout
près de cette femme qui entendait le français
comme une Parisienne, et qui n'a jamais con-
senti à en prononcer seulement un mot.

L'amiral, le gouverneur et les consuls étaient
assis près de la reine.

Dans cette vieille figure ridée, brune, carrée,
dure, il y avait encore de la grandeur ; il y avait
surtout une immense tristesse, — tristesse de
voir la mort lui prendre l'un après l'autre tous
ses enfants frappés du même mal incurable, —
tristesse de voir son royaume, envahi par la civilisation, s'en aller à la débandade, — et son beau
pays dégénérer en lieu de prostitution.....

Des fenêtres ouvertes donnaient sur les jardins ; — on voyait par là s'agiter plusieurs têtes couronnées de fleurs, qui s'approchaient pour écouter : toutes les suivantes de la cour, Faïmana, coiffée comme une naïade, de feuilles et de roseaux ; — Téhamana, couronnée de fleurs de datura ; Téria, Raouréa, Tapou, Eréré, Taïréa, — Tiahoui et Rarahu.

La partie du salon qui me faisait face était entièrement ouverte ; la muraille absente, remplacée par une colonnade de bois des îles, à travers laquelle la campagne tahitienne apparaissait par une nuit étoilée.

Au pied de ces colonnes, sur ce fond obscur et lointain, se détachait une banquette chargée de toutes les femmes de la cour, cheffesses ou princesses. Quatre torchères dorées, d'un style pompadour, qui s'étonnaient de se trouver en pareil lieu, les mettaient en pleine lumière, et faisaient briller leurs toilettes, vraiment élégantes et belles. Leurs pieds, naturellement petits, étaient chaussés ce soir dans d'irréprochables bottines de satin.

C'était d'abord la splendide Ariinoore, en tunique de satin cerise, couronnée de péia, — Arii-

noore qui refusa la main du lieutenant de vais-
seau français M***, qui s'était ruiné pour la cor-
beille de mariage, — et la main de Kaméha-
méha V, roi des îles Sandwich.

⁕ A côté d'elle, Paüra, son inséparable amie,
type charmant de la sauvagesse, avec son étrange
laideur ou son étrange beauté, — tête à manger
du poisson cru et de la chair humaine, — singu-
lière-fille qui vit au milieu des bois dans un district lointain, — qui possède l'éducation d'une
miss anglaise, et valse comme une Espagnole.....

Titaüa, qui charma le prince Alfred d'Angleterre, type unique de la Tahitienne restée belle
dans l'âge mûr; constellée de perles fines, la tête
surchargée de reva-reva flottants.

Ses deux filles, récemment débarquées d'une
pension de Londres, déjà belles comme leur
mère; des toilettes de bal européennes, à demi
dissimulées, par condescendance pour les désirs
de la reine, sous des tapas tahitiennes en gaze
blanche.

La princesse Ariitéa, belle-fille de Pomaré,
avec sa douce figure, rêveuse et naïve, fidèle à sa
coiffure de roses du Bengale naturelles, piquées
dans ses cheveux dénoués.

La reine de Bora-Bora, autre vieille sauvagesse aux dents aiguës, en robe de velours.

La reine Moé (Moé : sommeil, ou mystère), en
robe sombre, d'une beauté régulière et mystique, ses yeux étranges à demi fermés, avec une
expression de regard en dedans, comme les por-
traits d'autrefois.

.Derrière ces groupes en pleine lumière, dans
la profondeur transparente des nuits d'Océanie,
les cimes des montagnes se découpant sur le ciel
étoilé; une touffe de bananiers dessinant leurs
silhouettes pittoresques, leurs immenses feuilles,
leurs grappes de fruits, semblables à des giran-
doles terminées par des fleurs noires. Derrière
ces arbres, les grandes nébuleuses du ciel austral
faisaient un amas de lumière bleue, et la Croix-
du-sud brillait au milieu. Rien de plus idéale-
ment tropical que ce décor profond.

Dans l'air, ce parfum exquis de gardénias et
d'orangers, qui se condense le soir sous le feuillage épais; un grand silence, mêlé de bruissements d'insectes sous les herbes; et cette sonorité
particulière aux nuits tahitiennes, qui prédispose
à subir la puissance enchanteresse de la musique.

Le morceau choisi était celui où Vasco, enivré, se promène seul dans l'île qu'il vient de découvrir, et admire cette nature inconnue ; — morceau où le maître a si parfaitement peint ce qu'il savait d'intuition, les splendeurs lointaines de ces pays de verdure et de lumière. — Et Randle, promenant ses yeux autour de lui, commença de sa voix délicieuse :

> « Pays merveilleux,
> Jardins fortunés.
>
> . . . .
> Oh ! paradis... sorti de l'onde..... »
> . . . .

L'ombre de Meyerbeer dut cette nuit-là frémir de plaisir en entendant ainsi, à l'autre bout du monde, interpréter sa musique.

XXV

Vers la fin de l'année, une grande fête fut annoncée dans l'île de Moorea, à l'occasion de la consécration du temple d'Afareahitu.

La reine Pomaré manifesta à l'*amiral à cheveux*

blancs l'intention de s'y rendre avec toute sa suite, le conviant lui-même à la cérémonie et au grand banquet qui devait s'ensuivre.

L'amiral mit sa frégate à la disposition de la reine, et il fut convenu que le *Rendeer* appareillerait pour transporter là-bas toute la cour.

La suite de Pomaré était nombreuse, bruyante, pittoresque; elle s'était augmentée pour la circonstance de deux ou trois cents jeunes femmes, qui avaient fait de folles dépenses de *réva-réva* et de fleurs.

Un beau matin pur de décembre, le *Rendeer* ayant déjà largué ses grandes voiles blanches, se vit pris à l'assaut par toute cette foule joyeuse.

J'avais eu mission d'aller, en grande tenue, chercher la reine au palais.

Celle-ci, qui désirait s'embarquer sans mise en scène, avait expédié en avant toutes ses femmes, — et, en petit cortège intime, nous nous acheminâmes ensemble vers la plage, aux premiers rayons du soleil levant.

La vieille reine en robe rouge ouvrait la marche, en tenant par la main sa petite fille si chérie, — et nous suivions à deux pas, la princesse

Ariitéa, la reine Moé, la reine de Bora-Bora et moi.

C'est là un tableau que je retrouve souvent dans mes souvenirs... Les femmes ont leurs heures de rayonnement, — et cette image d'Ariitéa marchant auprès de moi sous les arbres exotiques, dans la grande lumière matinale, — est celle que je revois encore, quand, à travers les distances et les années, je pense à elle...

Lorsque le canot d'honneur qui portait la reine et les princesses accosta le *Rendeer*, les matelots de la frégate, rangés sur les vergues suivant le cérémonial d'usage, poussèrent trois fois le cri de : « Vive Pomaré! » et vingt et un coups de canon firent retentir les tranquilles plages de Tahiti.

Puis la reine et la cour entrèrent dans les appartements de l'amiral, où les attendait un lunch à leur goût composé de bonbons et de fruits, — le tout arrosé de vieux champagne rose.

Cependant les suivantes de toutes les classes s'étaient répandues dans les différentes parties du navire, où elles menaient grand et joyeux tapage, en lançant aux marins des oranges, des bananes et des fleurs.

Et Rarahu était là aussi, embarquée comme
une petite personne de la suite royale; Rarahu
pensive et sérieuse, au milieu de ce débordement
de gaieté bruyante. — Pomaré avait emmené
avec elle les plus remarquables chœurs d'*himéné*
de ses districts, et Rarahu étant un des premiers sujets du chœur d'Apiré avait été à ce titre
conviée à la fête.

Ici une digression est nécessaire au sujet du *tiaré
miri*, — objet qui n'a point d'équivalent dans les
accessoires de toilette des femmes européennes.

Ce *tiaré* est une sorte de dahlia vert que les
femmes d'Océanie se plantent dans les cheveux,
un peu au-dessus de l'oreille, les jours de gala.
— En examinant de près cette fleur bizarre, on
s'aperçoit qu'elle est factice; elle est montée sur
une tige de jonc, et composée des feuilles d'une
toute petite plante parasite très odorante, sorte
de lycopode rare qui pousse sur les branches de
certains arbres des forêts.

Les Chinois excellent dans l'art de monter des
tiaré très artistiques, qu'ils vendent fort cher aux
femmes de Papeete.

Le *tiaré* est particulièrement l'ornement des

fêtes, des festins et des danses; lorsqu'il est offert par une Tahitienne à un jeune homme, il a le même sens à peu près que le mouchoir jeté par le sultan à son odalisque préférée.

Toutes les Tahitiennes avaient ce jour-là des *tiaré* dans les cheveux.

J'avais été mandé par Ariitéa pour lui faire société pendant ce lunch officiel, — et la pauvre petite Rarahu, qui n'était venue que pour moi, m'attendit longtemps sur le pont, pleurant en silence de se voir ainsi abandonnée. Punition bien sévère que je lui avais infligée là, pour un caprice d'enfant qui durait depuis la veille et lui avait déjà fait verser des larmes.

XXVI

La traversée durait depuis deux heures, nous approchions de l'île de Moorea.

On faisait grand bruit au carré du *Rendeer;* une dizaine de jeunes femmes, choisies parmi les plus

connues et les plus jolies, avaient été conviées à
une collation fort brillante que leur offraient les
officiers.

Rarahu en mon absence avait accepté d'y prendre part. — Elle était là, en compagnie de Téourahi et de quelques autres de ses amies ; elle avait
essuyé ses pleurs et riait aux éclats.

Elle ne parlait point français, comme la plupart
des autres ; — mais, par signes et par monosylla-
bes, elle entretenait une conversation très animée avec ses voisins qui la trouvaient charmante.

Enfin, — ce qui était le comble de la perfidie
et de l'horreur, — au dessert, elle avait avec mille
grâces offert son *tiaré* à Plumkett.

Elle était assez intelligente, il est vrai, pour
savoir qu'elle tombait bien, et que Plumkett ne
voudrait pas comprendre.

XXVII

Comment peindre ce site enchanteur, la baie
d'Afareahitu !

De grands mornes noirs aux aspects fantasti-

ques ; des forêts épaisses, de mystérieux rideaux
de cocotiers se penchant sur l'eau tranquille ;
— et sous les grands arbres, quelques cases
éparses, parmi les orangers et les lauriers roses.

Au premier abord on eût dit qu'il n'y avait
personne dans ce pays ombreux ; — et pourtant
toute la population de Moorea nous attendait là
silencieusement, à demi cachée sous les voûtes
de verdure.

On respirait dans ces bois une fraîcheur humide, une étrange senteur de mousse et de
plantes exotiques ; tous les chœurs d'*himéné* de
Moorea étaient là, assis en bon ordre, au milieu
des troncs énormes des arbres ; tous les chanteurs d'un même district étaient vêtus d'une
même couleur, — les uns de blanc, les autres de
vert ou de rose ; toutes les femmes étaient couronnées de fleurs, — tous les hommes, de feuilles
et de roseaux. Quelques groupes, plus timides ou
plus sauvages, étaient restés dans la profondeur
du bois, et nous regardaient de loin venir, à moitié cachés derrière les arbres.

La reine quitta le *Rendeer* avec le même cérémonial qu'à l'arrivée et le bruit du canon se ré-
percuta au loin dans les montagnes.

Elle mit pied à terre, et s'avança conduite par l'amiral. — Nous n'étions déjà plus au temps où les indigènes l'enlevaient dans leurs bras, de peur que son pied ne touchât leur sol ; la vieille coutume qui voulait que tout territoire foulé par le pied de la reine devînt propriété de la couronne, est depuis longtemps oubliée en Océanie.

Une vingtaine de lanciers à cheval, composant toute la garde d'honneur de Pomaré, étaient rangés sur la plage pour nous recevoir.

Quand la reine parut, tous les chœurs d'himéné entonnèrent ensemble le traditionnel : « *Ia ora na oe, Pomare vahine !* » — (Salut à toi, reine Pomaré !) — Et les bois retentirent d'une bruyante clameur.

On eût cru mettre le pied dans quelque île enchantée, qui se serait éveillée soudain sous le coup d'une baguette magique.

XXVIII

Ce fut une longue cérémonie que la consécration du temple d'Afareahitu. Les missionnaires

firent en tahitien de grands discours, et les himéné chantèrent de joyeux cantiques à l'Éternel.

Le temple était bâti en corail ; le toit, en
feuilles de pandanus, était soutenu par des pièces
de bois des îles, que reliaient entre elles des
amarrages de différentes couleurs, réguliers et
compliqués ; c'était le vieux style des construc-
tions maories.

Je vois encore ce tableau original : les portes
du fond grandes ouvertes sur la campagne, sur
un décor admirable de montagnes et de hauts
palmiers ; — auprès de la chaire du missionnaire, la reine en robe noire, triste et recueillie,
priant pour sa petite fille, avec sa vieille amie la
cheffesse de Papara. Les femmes de sa suite,
groupées autour d'elles en robes blanches. Le
temple tout rempli de têtes couvertes de fleurs,
— et Rarahu, que j'avais laissée partir du *Rendeer*
comme une inconnue, mêlée à cette foule.....

Un grand silence se fit quand l'*himéné* d'A-
piré, qui avait été réservé pour la fin, entonna
ses cantiques — et je distinguai derrière moi la
voix fraîche de ma petite amie, qui dominait le
chœur. — Sous l'influence d'une exaltation religieuse ou passionnée, elle exécutait avec fréné-

sie ses variations les plus fantastiques ; sa voix
vibrait comme un son de cristal dans le silence
de ce temple où elle captivait l'attention de
tous.

XXIX

Après la cérémonie, nous passâmes dans la
salle du banquet. C'était en plein air, au milieu
des cocotiers que les tables étaient dressées sous
des tendelets de verdure.

Les tables pouvaient contenir cinq ou six cents
personnes ; les nappes étaient couvertes de feuilles
découpées et de fleurs d'amaranthes. Il y avait
une grande quantité de *pièces montées*, compo-
sées par des Chinois au moyen de troncs de
bananiers et de diverses plantes extraordinaires.
A côté des mets européens, se trouvaient en
grande abo: d .nce les mets tahitiens : les pâtes
de fruits, — les petits cochons rôtis tout entiers
sous l'herbe, — et les plats de chevrettes fermen-
tées dans du lait. On puisait différentes sauces
dans de grandes pirogues qui en étaient remplies

et que des porteurs avaient grand'peine à promener à la ronde. Les chefs et les cheffesses
venaient à tour de rôle haranguer la reine à tue-
tête, avec des voix si retentissantes et une telle
volubilité qu'on les eût crus possédés. Ceux qui
n'avaient point trouvé de place à table man-
geaient debout, sur l'épaule de ceux qui avaient
pu s'asseoir; c'était un vacarme et une confusion
indescriptibles.....

Assis à la table des princesses, j'avais affecté
de ne point prendre garde à Rarahü, qui était
perdue fort loin de moi, parmi les gens d'Apiré.

XXX

Quand la nuit descendit sur les bois d'Afareahitu, la reine rejoignit le *Farehaü* du district
où un logement lui était préparé. L'*amiral à
cheveux blancs* regagna sa frégate, et la *upa-upa*
commença.

Toute pensée religieuse, tout sentiment chré-
tien, s'étaient envolés avec le jour; l'obscurité tiède

et voluptueuse redescendait sur l'île sauvage ;
comme au temps où les premiers navigateurs
l'avaient nommée la nouvelle Cythère, tout était
redevenu séduction, trouble sensuel et désirs
effrénés.

Et j'avais suivi l'*amiral à cheveux blancs*
abandonnant Rarahu dans la foule affolée.

XXXI

A bord, quand je fus seul, je montai tristement sur le pont du *Rendeer*. La frégate, le
matin si animée, était vide et silencieuse; les
mâts et les vergues découpaient leurs grandes
lignes sur le ciel de la nuit; les étoiles étaient
voilées, l'air calme et lourd, la mer inerte.

Les mornes de Moorea dessinaient en noir sur
l'eau leurs silhouettes renversées; on voyait de
loin les feux qui à terre éclairaient la upa-upa;
des chants rauques et lubriques arrivaient en
murmure confus, accompagnés à contre temps
par des coups de tamtam.

J'éprouvais un remords profond de l'avoir
abandonnée au milieu de cette saturnale ; une
tristesse inquiète me retenait là, les yeux fixés
sur ces feux de la plage ; ces bruits qui venaient
de terre me serraient le cœur.

L'une après l'autre, toutes les heures de la nuit
sonnèrent à bord du *Rendeer*, sans que le sommeil vînt mettre fin à mon étrange rêverie. Je
l'aimais bien, la pauvre petite ; les Tahitiens disaient d'elle : c'est la petite femme de Loti. C'é-
tait bien ma petite femme en effet ; par le cœur,
par les sens, je l'aimais bien. Et, entre nous deux,
il y avait des abîmes pourtant, de terribles barrières, à jamais fermées. Elle était une petite
sauvage ; entre nous qui étions une même chair,
restait la différence radicale des races, la diver-
gence des notions premières de toutes choses ; si
mes idées et mes conceptions étaient souvent
impénétrables pour elle, les siennes aussi l'é-
taient pour moi ; mon enfance, ma patrie, ma
famille et mon foyer, tout cela resterait toujours
pour elle l'incompréhensible et l'inconnu. Je me
souvenais de cette phrase qu'elle m'avait dite un
jour : « J'ai peur que ce ne soit pas le même Dieu
qui nous ait créés. » En effet, nous étions en-

fants de deux natures bien séparées et bien différentes, et l'union de nos âmes ne pouvait être que passagère, incomplète et tourmentée.

Pauvre petite Rarahu, bientôt, quand nous serons si loin l'un de l'autre, tu vas redevenir et rester une petite fille maorie, ignorante et sauvage, tu mourras dans l'île lointaine, — seule et oubliée, — et Loti peut-être ne le saura même pas.....

A l'horizon une ligne à peine visible commençait à se dessiner du côté du large : c'était l'île de Tahiti. Le ciel blanchissait à l'Orient ; les feux s'éteignaient à terre, et les chants ne s'entendaient plus.

Je songeais que, à cette heure particulièrement voluptueuse du matin, Rarahu était là, énervée par la danse, et livrée à elle-même. Et cette pensée me brûlait comme un fer rouge.....

XXXII

Dans l'après-midi, la reine et les princesses s'embarquèrent de nouveau pour retourner à

Papeete. Quand elles eurent été reçues avec les
honneurs d'usage, je restai les yeux fixés sur les
canots nombreux, pirogues et baleinières qui
ramenaient leur suite ; la foule s'était augmentée
encore d'une quantité de jeunes femmes de
Moorea qui voulaient prolonger la fête à Tahiti.

Enfin je vis Rarahu ; elle était là, elle revenait
aussi. Elle avait changé sa tapa blanche pour une
tapa rose, et mis des fleurs fraîches dans ses
cheveux ; elle avait l'air triste et distrait ; son
visage était plus pâle, on voyait plus nettement
son tatouage sur son front décoloré, et les cer-
cles bleuâtres s'étaient accentués sous ses yeux.

Sans doute elle était restée à la *upa-upa* jusqu'au matin ; mais elle était là, elle revenait,
et c'était pour le moment tout ce que je désirais
d'elle.

XXXIII

La traversée s'était effectuée par un beau temps
calme.

C'était le soir, le soleil venait de disparaître ;
la frégate glissait sans bruit, en laissant derrière

elle des ondulations lentes et molles qui s'en allaient mourir au loin sur une mer unie comme un miroir. De grands nuages sombres étaient plaqués çà et là dans le ciel, et tranchaient violemment sur la teinte jaune pâle du soir, dans une étonnante transparence de l'atmosphère.

A l'arrière du *Rendeer*, un groupe de jeunes femmes se détachait gracieusement sur la mer et sur les paysages océaniens. C'était un groupe dont la vue me causa un étonnement extrême : Ariitéa et Rarahu, causant ensemble comme des amies ; auprès d'elles, Maramo, Faïmana et deux autres suivantes de la cour.

Il était question d'un *himéné* composé par Rarahu, qu'elle venait de leur apprendre et qu'elles allaient chanter ensemble.

En effet, elles entamaient un chant nouveau en trois parties, Ariitéa, Rarahu et Maramo. La voix de Rarahu, qui dominait vibrante, disait nettement ces paroles, dont aucune ne fut perdue pour moi :

— « Heahaa noa iho (e)! te tara no Paia (e)

— « Humble simplement même le sommet du *Paia* (le grand morne de Bora-Bora) i tou nei tai ia oe, tau hoa (e)! ehahe !...

auprès de ma ici douleur pour toi, ô mon amant ! hélas !.....

— « Ua iriti hoi au (e) ! i te tumu no te tiare,

— « Ai arraché aussi moi les racines du *tiaré* (la fleur des fêtes, c'est-à-dire : il n'y aura plus pour moi ni joie ni fête),

ei faaite i tau tai ia oe, tau hoa (e)! ehahe !...

pour faire connaître ma douleur pour toi, ô mon amant ! hélas !...

— « Ua taa tau hoa (e) ! ei Farani te fenua,

— « Tu es parti, mon amant, pour de France la terre,

e neva oe to mata, aita e hio hoi au (e) ! ehahe !... »

tourneras en haut tes yeux, pas verrai de nouveau moi ! hélas !... »

Traduction grossière :

— « Ma douleur pour toi est plus haute que le sommet du Paia, ô mon amant ! hélas...

— « J'ai arraché les racines du *tiaré* pour marquer ma douleur pour toi, ô mon amant! hélas !...

— « Tu es parti, mon bien-aimé, vers la terre de France; tu lèveras tes yeux vers moi, mais je ne te verrai plus! hélas!... »

Ce chant qui vibrait tristement le soir sur l'immensité du Grand Océan, répété avec un rythme étrange par trois voix de femmes, est resté à jamais gravé dans ma mémoire, comme l'un des plus poignants souvenirs que m'ait laissés la Polynésie.....

XXXIV

Il était nuit close quand le cortège bruyant fit son entrée dans Papeete, au milieu d'un grand concours de peuple.

Au bout d'un instant nous nous retrouvâmes marchant côte à côte, Rarahu et moi, dans le sentier qui menait à notre demeure. Un même sentiment nous avait ramenés tous deux sur cette route, où nous avancions sans nous parler, comme deux enfants boudeurs, qui ne savent plus comment revenir l'un à l'autre.

Nous ouvrîmes notre porte, et quand nous fûmes entrés, nous nous regardâmes.....

J'attendais une scène, des reproches et des larmes. Au lieu de tout cela, elle sourit en détournant la tête, avec un imperceptible mouvement d'épaules, une expression inattendue de désenchantement, d'amère tristesse et d'ironie.

Ce sourire et ce mouvement en disaient autant qu'un bien long discours ; ils disaient d'une manière concise et frappante à peu près ceci :

— « Je le savais bien, va, que je n'étais qu'une petite créature inférieure, jouet de hasard que tu t'es donné.. Pour vous autres, hommes blancs, c'est tout ce que nous pouvons être. Mais que gagnerais-je à me fâcher ? Je suis seule au monde ; à toi ou à un autre, qu'importe ? J'étais ta maîtresse ; ici était notre demeure ; je sais que tu me désires encore. Mon Dieu, je reste, et me voilà !... »

La petite fille naïve avait fait de terribles progrès dans la science des choses de la vie ; l'enfant sauvage était devenue plus forte que son maître et le dominait.

Je la regardais en silence, avec surprise et tristesse ; j'en avais une immense pitié. Et ce fut moi qui demandai grâce et pardon, pleurant presque, et la couvrant de baisers.

Elle m'aimait encore, elle, comme on aimerait un être surnaturel, que l'on pourrait à peine saisir et comprendre.....

Des jours doux et paisibles d'amour succédèrent encore à cette aventure d'Afareahitu ; l'incident fut oublié, et le temps reprit son cours énervant. . . . .

XXXV

Tiahoui, qui était en visite à Papeete, était descendue chez nous avec deux autres jeunes femmes de ses *fetii* de Papéuriri.

Elle me prit à part un soir avec l'air grave qui précède les entretiens solennels, et nous allâmes nous asseoir dans le jardin sous les lauriers roses.

Tiahoui était une petite femme sage, plus sérieuse que ne le sont d'ordinaire les Tahitiennes; dans son district éloigné, elle avait suivi avec admiration les instructions d'un missionnaire indigène; elle avait la foi ardente d'une néophyte. Dans le cœur de Rarahu, où elle savait lire comme dans un livre ouvert, elle avait vu d'étranges choses :

— « Loti, dit-elle, Rarahu se perd à Papeete. Quand tu seras parti, que va-t-elle devenir ? »

En effet, l'avenir de Rarahu tourmentait mon cœur; avec la différence si complète de nos natures, je ne savais qu'imparfaitement saisir tout ce qu'il y avait en elle de contradictions et d'égarements. Je comprenais pourtant qu'elle était perdue, perdue de corps et d'âme. C'était peut-être pour moi un charme de plus, le charme de ceux qui vont mourir, et plus que jamais je me sentais l'aimer.....

Personne n'avait l'air plus doux ni plus paisible cependant, que ma petite amie Rarahu; silencieuse presque toujours, calme et soumise, elle n'avait plus jamais de ses colères d'enfant d'autrefois. Elle était gracieuse et prévenante pour tous. Quand on arrivait chez nous, et qu'on la voyait là, assise à l'ombre de notre vérandah, dans une pose heureuse et nonchalante, souriant à tous du sourire mystique des maoris, on eût dit que notre case et nos grands arbres abritaient tout un poème de bonheur paisible et inaltérable.

Elle avait pour moi des instants de tendresse infinie; il semblait alors qu'elle eût besoin de se serrer contre son unique ami et soutien dans ce monde; dans ces moments-là, la pensée de mon départ lui faisait verser des larmes silencieuses, et je songeais encore à ce projet insensé que j'avais fait jadis, de rester pour toujours auprès d'elle.

Parfois elle prenait la vieille Bible qu'elle avait
apportée d'Apiré ; elle priait avec extase, et la
foi ardente et naïve rayonnait dans ses yeux.

Mais souvent aussi elle s'isolait de moi, et
je retrouvais sur ses lèvres ce même sourire de
doute et de scepticisme qui avait paru pour la
première fois le soir de notre retour d'Afareahitu.
Elle semblait regarder au loin, dans le vague,
des choses mystérieuses ; des idées étranges lui
revenaient de sa petite enfance sauvage ; ses
questions inattendues sur des sujets singulièrement profonds dénotaient le dérèglement de son
imagination, le cours tourmenté de ses idées.

Son sang maori lui brûlait les veines ; elle
avait des jours de fièvre et de trouble profond,
pendant lesquels il semblait qu'elle ne fût plus
elle-même. Elle m'était absolument fidèle, dans
le sens que les femmes de Papeete donnent
à ce mot, c'est-à-dire qu'elle était sage et ré-
servée vis-à-vis des jeunes gens européens ; mais
je crus savoir qu'elle avait de jeunes amants
tahitiens. Je pardonnai, et feignis de ne pas voir :
elle n'était pas tout à fait responsable, la pauvre
petite, de sa nature étrangement ardente et passionnée.

Physiquement elle n'avait encore aucun des signes qui en Europe distinguent les jeunes filles malades de la poitrine; sa taille et sa gorge étaient arrondies et correctes comme celles des belles statues de la Grèce antique. Et cependant, la petite toux caractéristique, pareille à celle des enfants de la reine, devenait chez elle plus fréquente, et le cercle bleuâtre s'accentuait sous ses grands yeux.

Elle était une petite personnification touchante et triste de la race polynésienne, qui s'éteint au contact de notre civilisation et de nos vices, et ne sera plus bientôt qu'un souvenir dans l'histoire d'Océanie....

XXXVI

Cependant le moment du départ était arrivé, le *Rendeer* s'en allait en Californie, « *i te fenua California* », comme disait la petite fille de la reine.

Ce n'était pas le départ définitif, il est vrai; au retour nous devions nous arrêter encore à l'*île délicieuse*, un mois ou deux, en passant. Sans cette certitude de revenir, il est probable qu'à ce moment-là je ne serais pas parti : la laisser pour toujours eût été au-dessus de mes forces, et m'eût brisé le cœur.

A l'approche du départ, j'étais étrangement obsédé par la pensée de cette Taïmaha, qui avait été la femme de mon frère Rouéri. Il m'était extrêmement pénible, je ne sais pourquoi, de partir sans la connaître, et je m'en ouvris à la reine, en la priant de se charger de nous ménager une entrevue.

Pomaré parut prendre grand intérêt à ma demande :

— « Comment, Loti, dit-elle, tu veux la voir ? Il t'en avait donc parlé, Rouéri ?... Il ne l'avait donc point oubliée ? »

Et la vieille reine sembla se recueillir dans de tristes souvenirs du passé, retrouvant peut-être dans sa mémoire l'oubli de quelques-uns, qu'elle avait aimés, et qui étaient partis pour ne plus revenir.

XXXVII

C'était le dernier soir du *Rendeer*....

Il résultait des renseignements pris à la hâte par la reine, que Taïmaha était depuis la veille à Taïti ; — et le chef des *mutoï* du palais avait été chargé de lui porter l'ordre de se trouver à l'heure du coucher du soleil sur la plage, en face du *Rendeer*.

A l'heure du rendez-vous, nous y fûmes, Rarahu et moi.

Longtemps nous attendîmes, et Taïmaha ne vint pas ; — je l'avais prévu.

Avec un singulier serrement de cœur, je voyais s'envoler ces derniers moments de notre dernière soirée. —. J'attendais avec une inexplicable anxiété ; j'aurais donné cher à cet instant pour voir cette créature, dont j'avais rêvé dans mon enfance, et qui était liée au lointain et poétique souvenir de Rouéri ; et j'avais le pressentiment qu'elle ne paraîtrait point.....

Nous avions demandé des renseignements à des vieilles femmes qui passaient :

« Elle est dans la grande rue, nous dirent-elles ; emmenez avec vous notre petite fille que voici, qui la connaît et vous l'indiquera. Quand vous l'aurez trouvée, vous direz à notre enfant de rentrer au logis.

XXXVIII

DANS LA GRANDE RUE.

La rue bruyante était bordée de magasins chinois ; des marchands qui avaient de petits yeux en amande et de longues queues vendaient à la foule du thé, des fruits et des gâteaux. — Il y avait sous les vérandahs des étalages de couronnes de fleurs, de couronnes de pandanus et de *tiaré* qui embaumaient ; les Tahitiennes circulaient en chantant ; quantité de petites lanternes à la mode du céleste empire éclairaient les échoppes, ou bien pendaient aux branches touffues des arbres. — C'était un des beaux soirs de Papeete ; tout cela était gai et surtout original. — On sentait dans l'air un bizarre mélange d'odeurs chinoises de sandal et de monoï, et de parfums suaves de gardénias ou d'orangers.

La soirée s'avançait, et nous ne trouvions rien. — La petite Téhamana, notre guide, avait beau regarder toutes les femmes, elle n'en reconnaissait aucune. — Le nom de Taïmaha même était inconnu à toutes celles que nous in-

terrogions ; nous passions et repassions au milieu
de tous ces groupes qui nous regardaient comme
des gens ayant perdu l'esprit. — Je me heurtais
contre l'impossibilité de rencontrer un mythe,
— et chaque minute qui s'écoulait augmentait
ma tristesse impatiente.

Après une heure de cette course, dans un
endroit obscur, sous de grands manguiers noirs,
— la petite Téhamana s'arrêta tout à coup devant une femme qui était assise à terre, la tête
dans ses mains et semblait dormir.

— « Téra ! » cria-t-elle.   (C'est celle-ci !)

Alors je m'approchai d'elle et me penchai
curieusement pour la voir :

— « Es-tu Taïmaha ? ...,» demandai-je, —
en tremblant qu'elle me répondit : non !

— « Óui ! » répondit-elle, immobile.

— « Tu es Taïmaha, la femme de Rouéri ? »

— « Oui, » dit-elle encore, en levant la tête
avec nonchalance — c'est moi, Taïmaha, la femme
de Rouéri, le marin « *dont les yeux sommeillent* »
(*mata moé*), c'est-à-dire : « qui n'est plus.... »

— « Et moi, je suis Loti, le frère de Rouéri !
— Suis-moi dans un lieu plus écarté où nous
puissions causer ensemble. »

— « Toi ? ... son frère ? » dit-elle simplement, avec un peu de surprise, — mais avec tant d'indifférence que j'en restai confondu. — Et je regrettais déjà d'être venu remuer cette cendre, pour n'y trouver que banalité et désenchantement.

Pourtant elle s'était levée pour me suivre. — Je les pris par la main l'une et l'autre, Rarahu et Taïmaha, et m'éloignai avec elles de cette foule tahitienne où personne ne m'intéressait plus.....

XXXIX

RÉVÉLATIONS

Dans un sentier solitaire où s'entendait encore le bruit lointain de la foule, — sous l'ombre épaisse des arbres, dans la nuit noire, — Taïmaha s'arrêta et s'assit :

« Je suis fatiguée, dit-elle avec une grande lassitude, à Rarahu ; — dis-lui de me parler ici, je n'irai pas plus loin ; — c'est son frère, lui ? ...»

A ce moment, une idée que je n'avais jamais eue me traversa l'esprit :

— « N'as-tu pas d'enfants de Rouéri ?.. » lui demandai-je.

— « Si, — répondit-elle, après une minute d'hésitation, mais d'une voix assurée pourtant ; — si, deux ! ... »

Il y eut un long silence, après cette révélation inattendue. — Une foule de sentiments s'éveillaient en moi, sentiments d'un genre inconnu, impressions tristes et intraduisibles.

Il est de ces situations dont on ne peut rendre par des mots l'étrangeté saisissante. — Le charme du lieu, les influences mystérieuses de la nature, avivent ou transforment les émotions ressenties, et on ne sait plus, même, imparfaitement, les exprimer.

XL

Une heure après, Taïmaha et moi nous quittions Papeete, qui déjà s'était endormi ; cette dernière soirée du *Rendeer* était terminée, et quantité de marins du bord étaient entrés dans

les cases tahitiennes, entourés de bandes joyeuses
de jeunes femmes. Un souffle plein de séduction
et de trouble sensuel passait sur ce pays, comme
après les soirs de grandes fêtes.

Mais j'étais sous l'empire d'émotions profondes, et j'avais pour l'instant oublié jusqu'à
Rarahu ....

Elle était rentrée seule, elle, et m'attendait en
pleurant dans notre chère petite case, où je devais, dans la nuit, revenir pour la dernière fois.

Nous marchions côte à côte, Taïmaha et
moi ; nous suivions d'un pas rapide la plage
océanienne. La pluie tombait, la pluie tiède des
tropiques ; Taïmaha insouciante et silencieuse
laissait tremper la longue tapa de mousseline
blanche qui traînait derrière elle sur le sable.

On n'entendait dans ce calme de minuit que
le bruit monotone de la mer, qui brisait au large
sur le corail.

Sur nos têtes, de grands palmiers penchaient
leurs tiges flexibles ; à l'horizon les pics de l'île
de Moorea se dessinaient légèrement au-dessus
de la nappe bleue du Pacifique, à la lueur indécise et embrumée de la lune.

Je regardais Taïmaha, et je l'admirais; elle était restée, malgré ses trente ans, un type accompli de la beauté maorie. Ses cheveux noirs tombaient en longues tresses sur sa robe blanche; sa couronne de roses et de feuilles de pandanus lui donnait la nuit un air de reine ou de déesse.

Exprès j'avais fait passer cette femme près d'une case déjà ancienne, à moitié enfouie sous la verdure et les plantes grimpantes, celle qu'elle avait dû jadis habiter avec mon frère.

— « Connais-tu cette case, Taïmaha? » lui demandai-je...

— « Oui! répondit-elle en s'animant pour la première fois; oui, c'était celle-ci, la case de Rouéri!... »

XLI

Nous nous dirigions tous deux, à cette heure déjà avancée de la nuit, vers le district de Faaa, où Taïmaha allait me montrer son plus jeune fils Atario.

Avec une condescendance légèrement railleuse, elle s'était prêtée à cette fantaisie de ma part, fantaisie qu'avec ses idées tahitiennes elle s'expliquait à peine.

Dans ce pays où la misère est inconnue et le travail inutile, où chacun a sa place au soleil et à l'ombre, sa place dans l'eau et sa nourriture dans les bois, — les enfants croissent comme les plantes, libres et sans culture, là où le caprice de leurs parents les a placés. La famille n'a pas cette cohésion que lui donne en Europe, à défaut d'autre cause, le besoin de lutter pour vivre.

Atario, l'enfant né depuis le départ de Rouéri, habitait le district de Faaa; par suite de cet usage général d'adoption, il avait été confié là aux soins de *fetii* (de parents) éloignés de sa mère...

Et Tamaari, le fils aîné, celui qui, disait-elle, avait le front et les grands yeux de Rouéri (*te rae, te mata rahi*), habitait avec la vieille mère de Taïmaha, dans cette île de Moorea qui découpait là-bas à notre horizon sa silhouette lointaine.

A mi-chemin de Faaa, nous vîmes briller un

feu dans un bois de cocotiers. Taïmaha me prit
par la main, et m'emmena sous bois dans cette
direction, par un sentier connu d'elle.

Quand nous eûmes marché quelques minutes
dans l'obscurité, sous la voûte des grandes
palmes mouillées de pluie, nous trouvâmes un
abri de chaume, où deux vieilles femmes étaient
accroupies devant un feu de branches. Sur quelques mots inintelligibles prononcés par Taïmaha,
les deux vieilles se dressèrent sur leurs pieds
pour me mieux regarder, et Taïmaha elle-même,
approchant de mon visage un brandon enflammé,
se mit à m'examiner avec une extrême attention.
C'était la première fois que nous nous voyions
tous deux en pleine lumière.

Quand elle eut terminé son examen, elle sourit
tristement. Sans doute elle avait retrouvé en
moi les traits déjà connus de Rouéri ; — les res-
semblances des frères sont frappantes pour les
étrangers, — même lorsqu'elles sont vagues et
incomplètes.

Moi, j'avais admiré ses grands yeux, son beau
profil régulier, et ses dents brillantes, rendues
plus blanches encore par la nuance de cuivre de
son teint...

Nous continuâmes notre route en silence, et bientôt nous aperçûmes les cases d'un district, mêlées aux masses noires des arbres.

— « Tera Faaa ! » (voici Faaa), dit-elle avec un sourire...

Taïmaha me conduisit à la porte d'une case en bourao, enfouie sous des arbres à pain, des manguiers et des tamaris.

Tout le monde semblait profondément endormi à l'intérieur, et, à travers les claies de la muraille, elle appela doucement pour se faire ouvrir.

Une lampe s'alluma, et un vieillard au torse nu apparut sur la porte en nous faisant signe d'entrer.

La case était grande ; c'était une sorte de dortoir sombre où étaient couchés des vieillards. La lampe indigène, à huile de cocotier, ne jetait qu'un filet de lumière dans ce logis, et dessinait à peine toutes ces formes humaines sur lesquelles passait le vent de la mer.

Taïmaha se dirigea vers un lit de nattes, où elle prit un enfant qu'elle m'apporta...

— « ... Mais non ! dit-elle, quand elle fut

près de la lampe... je me trompe, ce n'est pas lui!... »

Elle le reposa sur sa couchette, et elle se mit à examiner d'autres lits où elle ne trouva point l'enfant qu'elle cherchait. Elle promenait au bout d'une longue tige sa lampe fumeuse, et n'éclairait que des vieilles femmes peau-rouges immobiles et rigides, roulées dans des *pareo* d'un bleu sombre à grandes raies blanches ; on les eût prises pour des momies, roulées dans des draps mortuaires...

Un éclair d'inquiétude passa dans les grands yeux veloutés de Taïmaha :

— « Vieille Huahara, dit-elle, où donc est mon fils Atario...? »

La vieille Huahara se souleva sur son coude décharné, et fixa sur nous son regard effaré par le réveil :

— « Ton fils n'est plus avec nous, Taïmaha, dit-elle ; il a été adopté par ma sœur Tiatiara-honui (araignée), qui habite à cinq cents pas d'ici, au bout du bois de cocotiers... »

XLII

Nous traversâmes encore ce bois, dans la nuit noire.

A la case de Tiatiara-honui, même scène, même cérémonie de réveil, semblable à une évocation de fantômes.

On éveilla un enfant qu'on m'apporta. Le pauvre petit tombait de sommeil; il était nu. Je pris sa tête dans mes mains et l'approchai de la lampe que tenait la vieille *Araignée*, sœur de Huahara. L'enfant, ébloui, fermait les yeux.

— « Oui! celui-ci est bien Atario, dit de loin Taïmaha qui était restée à la porte.

— « C'est le fils de mon frère?.. » lui demandai-je d'une façon qui dut la remuer jusqu'au fond du cœur.

— « Oui, dit-elle, comme comprenant que la réponse était solennelle, oui, c'est le fils de ton frère Rouéri!... »

La vieille Tiatiara-honui apporta une robe rose pour l'habiller, mais l'enfant s'était rendormi entre mes mains; je l'embrassai doucement et le recouchai sur sa natte. Puis je fis signe à Taïmaha de me suivre, et nous reprîmes le chemin de Papeete.

Tout cela s'était passé comme dans un rêve. J'avais à peine pris le temps de le regarder, et cependant ses traits d'enfant s'étaient gravés dans ma mémoire, de même que, la nuit, une image très vive qu'on a perçue un instant, persiste et reparaît encore, après qu'on a fermé les yeux.

J'étais singulièrement troublé, et mes idées étaient bouleversées; j'avais perdu toute conscience du temps et de l'heure qu'il pouvait bien être. Je tremblais de voir se lever le jour, et d'arriver juste à temps pour le départ du *Rendeer* sans pouvoir retourner dans ma chère petite case, ni même embrasser Rarahu que peut-être je ne reverrais plus...

XLIII

Quand nous fûmes dehors, Taïmaha me demanda :

— « Tu reviendras demain? »

— « Non, dis-je, je pars de grand matin pour la terre de Californie. »

Un moment après, elle demanda avec timidité :

— « Rouéri t'avait parlé de Taïmaha? »

Peu à peu Taïmaha s'animait en parlant ; peu à peu son cœur semblait s'éveiller d'un long sommeil. — Elle n'était plus la même créature, insouciante et silencieuse ; elle me questionnait d'une voix émue, sur celui qu'elle appelait *Rouéri*, et m'apparaissait enfin telle que je l'avais désirée, conservant avec un grand amour et une tristesse profonde le souvenir de mon frère...

Elle avait retenu sur ma famille et mon pays de minutieux détails que Rouéri lui avait appris ; elle savait encore jusqu'au nom d'enfant qu'on me donnait jadis dans mon foyer chéri ; elle me le redit en souriant, et me rappela en même temps une histoire oubliée de ma petite enfance. Je ne puis décrire l'effet que me produisirent ce nom et ces souvenirs, conservés dans la mémoire de cette femme, et répétés là par elle, en langue polynésienne....

Le ciel s'était dégagé ; nous revenions par une nuit magnifique, et les paysages tahitiens, éclairés par la lune, au cœur de la nuit, dans le

grand silence de deux heures du matin, avaient
un charme plein d'enchantement et de mystère.

Je reconduisis Taïmaha jusqu'à la porte de la
case qu'elle habitait à Papeete. — Sa résidence
habituelle était la case de sa vieille mère Hapoto,
au district de Téaroa, dans l'île de Moorea.

En la quittant, je lui parlai de l'époque probable de mon retour, et voulus lui faire promettre
de se trouver alors à Papeete, avec ses deux fils.
— Taïmaha promit par serment, mais, au nom
de ses enfants, elle était redevenue sombre et bizarre ; ses dernières réponses étaient incohérentes ou moqueuses, son cœur s'était refermé ; en lui
disant adieu, je la vis telle que je devais la retrouver plus tard, incompréhensible et sauvage....

XLIV

Il était environ trois heures quand je rejoignis
l'avenue tranquille où Rarahu m'attendait; on
sentait déjà dans l'air la fraîcheur humide du
matin. — Rarahu, qui était restée assise dans

l'obscurité, jeta ses bras autour de moi quand
j'entrai.

Je lui contai cette nuit étrange, en la priant
de garder pour elle ces confidences, pour que
cette histoire depuis longtemps oubliée ne rede-
vînt pas la fable des femmes de Papeete.

C'était notre dernière nuit... et les incertitudes
du retour, et les distances énormes qui allaient
nous séparer, jetaient sur toutes choses un voile
d'indicible tristesse... A cet instant des adieux,
Rarahu se montrait sous un jour suave et délicieux; elle était bien la petite épouse de Loti;
elle était doucement touchante dans ses transports d'amour et de larmes. Tout ce que l'affection pure et désolée, la tendresse infinie, peuvent
inspirer au cœur d'une petite fille passionnée de
quinze ans, elle le disait dans sa langue maorie,
avec des expressions sauvages et des images
étranges.

XLV

Les premières lueurs indécises des jours vinrent
m'éveiller après quelques moments de sommeil.

Dans cette confusion, dans cette angoisse

inexpliquée, qui est particulière au réveil, je retrouvai mêlées ces idées : le départ, quitter l'île délicieuse, abandonner pour toujours ma case sous les grands arbres, et ma pauvre petite amie sauvage, et puis, Taïmaha et ses fils, — ces nouveaux personnages à peine entrevus la nuit, et qui venaient encore, à la dernière heure, m'attacher à ce pays par des liens nouveaux....

La triste lueur blanche du matin filtrait par mes fenêtres ouvertes... Je contemplai un instant Rarahu endormie, et puis je l'éveillai en l'embrassant :

— « ... Ah ! oui, Loti, dit-elle... c'est le jour, tu me réveilles, et il faut partir. »

Rarahu fit sa toilette en pleurant ; elle passa sa plus belle tunique ; elle mit sur sa tête sa couronne fanée et son *tiaré* de la veille, en faisant le serment que jusqu'à mon retour elle n'en aurait pas d'autres.

J'entr'ouvris la porte du jardin ; je jetai un coup d'œil d'adieu à nos arbres, à nos fouillis de plantes ; j'arrachai une branche de mimosas, une bouillée de pervenches roses, — et le chat nous suivit en miaulant, comme jadis il nous suivait au ruisseau d'Apiré.....

Au petit jour, ma petite épouse sauvage et moi, en nous donnant la main, nous descendîmes tristement à la plage, pour la dernière fois.

Là, il y avait déjà assistance nombreuse et silencieuse; toutes les filles de la reine, toutes les jeunes femmes de Papeete, auxquelles le *Rendeer* enlevait des amis ou des amants, étaient assises à terre; quelques-unes pleuraient; les autres, immobiles, nous regardaient venir.

Rarahu s'assit au milieu d'elles sans verser une larme, — et le dernier canot du *Rendeer* m'emporta à bord.....

Vers huit heures, le *Rendeer* leva l'ancre au son du fifre.

Alors je vis Taïmaha, qui, elle aussi, descendait à la plage pour me voir partir, comme, douze ans auparavant, elle était venue, à dix-sept ans, voir partir Rouéri qui ne revint plus.

Elle aperçut Rarahu et s'assit près d'elle.

C'était une belle matinée d'Océanie, tiède et tranquille; il n'y avait pas un souffle dans l'atmosphère; cependant des nuages lourds s'amoncelaient tout en haut dans les montagnes; ils formaient un grand dôme d'obscurité, au-dessous duquel le soleil du matin éclairait en plein la plage d'Océanie, les cocotiers verts et les jeunes femmes en robes blanches.

L'heure du départ apportait son charme de tristesse à ce grand tableau qui allait disparaître.

XLVI

Quand le groupe des Tahitiènnes ne fut plus qu'une masse confuse, la case abandonnée de mon frère Rouéri fut encore longtemps visible au bord de la mer, et mes yeux restèrent fixés sur ce point perdu dans les arbres.

Les nuages qui couvraient les montagnes descendaient rapidement sur Tahiti; ils s'abaissèrent comme un rideau immense, sous lequel l'île entière fut bientôt enveloppée. — La pointe aiguë du morne de Fataoua parut encore dans une déchirure du ciel, et puis tout se perdit dans les épaisses masses sombres; un grand vent alisé se leva sur la mer, qui devint verte et houleuse, et la pluie d'orage commença à tomber.

Alors je descendis tout au fond du *Rendeer*,

dans ma cabine obscure ; je me jetai sur ma couchette de marin, en me couvrant du pareo bleu,
déchiré par les épines des bois, que Rarahu portait autrefois pour vêtement dans son district
d'Apiré... Et tout le jour je restai là étendu, à
ce bruit monotone d'un navire qui roule et qui
marche, à ce bruit triste des lames qui venaient
l'une après l'autre battre la muraille sourde du
Rendeer... Tout le jour, plongé dans cette sorte
de méditation triste, qui n'est ni la veille ni le
sommeil, et où venaient se confondre des tableaux d'Océanie, et des souvenirs lointains de
mon enfance.

Dans le demi-jour verdâtre qui filtrait de la
mer, à travers la lentille épaisse de mon sabord,
se dessinaient les objets singuliers épars dans ma
chambre, — les coiffures de chefs océaniens, les
images embryonnaires du dieu des maoris, les
idoles grimaçantes, les branches de palmiers, les
branches de corail, les branches quelconques
arrachées à la dernière heure aux arbres de
notre jardin, des couronnes flétries et encore
embaumées, de Rarahu ou d'Ariitéa, — et le dernier bouquet de pervenches roses, coupé à la
porte de notre demeure.

XLVII

Un peu après le coucher du soleil, je devais prendre le quart, et je montai sur la passerelle. Le grand air vif, la brise qui me fouettait le visage, me ramenèrent aux notions précises de la vie réelle, au sentiment complet du départ.

Celui que je remplaçais pour le service de nuit, c'était John B..., mon cher frère John, dont l'affection douce et profonde était depuis long-temps mon grand recours dans les douleurs de la vie.

« Deux terres en vue, Harry, me dit John, en me *rendant le quart ;* elles sont là-bas derrière nous ; je n'ai pas besoin de te les nommer ; tu les connais. »

Deux silhouettes lointaines, deux nuages à peine visibles à l'horizon : l'île de Tahiti, et l'île de Moorea.....

John resta près de moi jusqu'à une heure avancée de la nuit ; je lui contai ma soirée de la veille, il savait seulement que j'avais fait la nuit une longue course, que je lui cachais quelque chose de triste et d'inattendu. J'avais perdu l'habitude des larmes, mais depuis la veille j'avais besoin de pleurer; dans l'obscurité du banc de quart, personne ne le vit que mon frère John ; auprès de lui je pleurai là comme un enfant.

La mer était grosse, et le vent nous poussait rudement dans la nuit noire. C'était comme un réveil, un retour au dur métier des marins, après une année d'un rêve énervant et délicieux, dans l'île la plus voluptueuse de la terre.....

.... Deux silhouettes lointaines, deux nuages à peine visibles à l'horizon : l'île de Tahiti et l'île de Moorea.....

L'île de Tahiti, où Rarahu veille à cette heure en pleurant dans ma case déserte, — dans ma chère petite case que battent la pluie et le vent de la nuit, — et l'île de Moorea qu'habite Taamari, l'enfant qui a « le front et les yeux de mon frère.... »

Cet enfant qui est le fils aîné de la famille, qui ressemble à mon frère Georges, quelle chose étrange ! c'est un petit sauvage, il s'appelle

Taamari ; le foyer de la patrie lui sera toujours inconnu, et ma vieille mère ne le verra jamais. Pourtant cette pensée me cause une tristesse douce, presque une impression consolante. Au moins, tout ce qui était Georges n'est pas fini, n'est pas mort avec lui.....

Moi aussi, qui serai bientôt peut-être fauché par la mort dans quelque pays lointain, jeté dans le néant ou l'éternité, moi aussi, j'aimerais revivre à Tahiti, revivre dans un enfant qui serait encore moi-même, qui serait mon sang mêlé à celui de Rarahu ; je trouverais une joie étrange dans l'existence de ce lien suprême et mystérieux entre elle et moi, dans l'existence d'un enfant maori, qui serait nous deux fondus dans une même créature....

Je ne croyais pas tant l'aimer, la pauvre petite. Je lui suis attaché d'une manière irrésistible et pour toujours ; c'est maintenant surtout que j'en ai conscience. Mon Dieu, que j'aimais ce pays d'Océanie ! J'ai deux patries maintenant, bien éloignées l'une de l'autre, il est vrai ; — mais je reviendrai dans celle-ci que je viens de quitter, et peut-être y finirai-je ma vie......

TROISIÈME PARTIE

I

Vingt jours plus tard, le *Rendeer* fit à Honolulu, capitale des îles Sandwich, une relâche
fort gaie qui dura deux mois.

Là, c'était la race maorie arrivée déjà à un de-
gré de civilisation relative plus avancé qu'à Tahiti.

Toute une cour très luxueuse ; un roi lépreux
et doré ; des fêtes à l'européenne, des ministres
et des généraux empanachés et légèrement gro-
tesques ; tout un personnel drôle, — repoussoir
multiple sur lequel se détachait la figure gracieuse de la reine Emma. Des dames de la suite
très élégantes et parées. Des jeunes filles du même
sang que Rarahu transformées en *misses;* des
jeunes filles qui avaient son type, son air un peu
sauvage et ses grands cheveux, — mais qui fai-

saient venir de France, par la voie des paquebots du Japon, leurs gants à plusieurs boutons et leurs toilettes parisiennes.

Honolulu, une grande ville avec des tramways, un bizarre mélange de population ; des Hawaïens tatoués dans les rues, des commerçants américains et des marchands chinois.

Un beau pays, une belle nature ; une belle végétation, rappelant de loin celle de Tahiti, mais moins fraîche et moins puissante pourtant que celle de l'île aux vallées profondes et aux grandes fougères.

Encore la langue maorie, ou plutôt un idiome dur, issu de la même origine ; quelques mots cependant étaient les mêmes, et les indigènes me comprenaient encore. Je me sentis là moins loin de l'île chérie, que plus tard, lorsque je fus sur la côte d'Amérique.

II

A San-Francisco de Californie, notre seconde relâche, — où nous arrivâmes après un mois de traversée, je trouvai cette première lettre de

Rarahu qui m'attendait. (Elle avait été remise au consulat d'Angleterre par un bâtiment américain chargé de nacre, qui avait quitté Tahiti quelques jours après notre départ.)

I te Loti, taata huero tave tave no te atimarara peretant no te pahi auai *Rendeer.*

(A Loti, homme porte aiguillettes de l'amiral anglais du navire à vapeur *Rendeer.*)

E tau here iti e !	O mon cher petit ami !
E tau tiare noanoa no te ahiahi e !	O ma fleur parfumée du soir !
e mea roa te mauiui no tau mafatu	mon mal est grand dans mon cœur
no te mea e aita hio au ia oe...	de ne plus te voir...
E tau fetia taiao e !	O mon étoile du matin !
te oto tia nei ra tau mata	mes yeux se fondent dans les pleurs
no te mea e aita hoi oe amuri noa tu !...	de ce que tu ne reviens plus !...
. . . .	. . . .
. . . .	. . . .
Ia ora na oe i te Atua mau.	Je te salue par le vrai Dieu, dans la foi chrétienne.
Na to oe hoa iti,	Ta petite amie,
Rarahu.	Rarahu.

Je répondis à Rarahu par une longue lettre, écrite dans un tahitien correct et classique, — qu'un bâtiment baleinier fut chargé de lui faire parvenir, par l'intermédiaire de la reine Pomaré.

Je lui donnais l'assurance de mon retour pour

les derniers mois de l'année, et la priais d'en informer Taïmaha, en lui rappelant ses serments.

III

HORS-D'ŒUVRE CHINOIS.

Un souvenir saugrenu, qui n'a rien de commun avec ce qui précède, encore moins avec ce qui va suivre, — qui n'a avec cette histoire qu'un simple lien chronologique, un rapport de dates :

La scène se passait à minuit, — en mai 1873, — dans un théâtre du quartier chinois de San-Francisco de Californie.

Vêtus de costumes de circonstance, Willam et moi, nous avions gravement pris place au parterre. Acteurs, spectateurs, machinistes, — tout le monde était Chinois, excepté nous.

On était à un moment pathétique d'un grand drame lyrique que nous ne comprenions point. Les dames des galeries cachaient derrière leurs éventails leurs tout petits yeux retroussés en amande, et minaudaient sous le coup de leur émotion comme des figurines de potiches. Les artistes, revêtus de costumes de l'époque des dynasties éteintes, poussaient des hurlements surprenants, inimaginables, avec des voix de chats de gouttières ; — l'orchestre, composé de gongs et de guitares, faisait entendre des sons extravagants, des accords inouïs.

Effet de nuit. Les lumières étaient baissées. — Devant nous, le public du parterre, — un alignement de têtes rasées, ornées d'impayables queues que terminaient des tresses de soie.

Il nous vint une idée satanique, — dont l'exécution rapide fut favorisée par la disposition des sièges, l'obscurité, la tension des esprits : attacher les queues deux à deux, et déguerpir.......
O Confucius !......

IV

... La Californie, Quadra et Vancouver, l'Amérique russe.., Six mois d'expéditions et d'aventures qui ne tiennent en rien à cette histoire.

Dans ces pays, on se sentait plus près de l'Europe et déjà bien loin de l'Océanie.

Tout ce passé tahitien semblait un rêve, un rêve auprès duquel la réalité présente n'intéressait plus.

En septembre il fut fortement question de rentrer en Europe par l'Australie et le Japon ; « l'amiral à cheveux blancs » voulait traverser l'Océan Pacifique dans l'hémisphère nord, en laissant à d'effroyables distances dans le sud l'*île délicieuse*.

Je ne pouvais rien contre ce projet, qui me mettait l'angoisse au cœur... Rarahu avait dû m'écrire plusieurs lettres, mais la vie errante que nous menions sur les côtes d'Amérique les empêchait de me parvenir, et je ne recevais plus rien d'elle...

V

... Dix mois ont passé.

... Le *Rendeer*, parti le 1ᵉʳ novembre de San-Francisco, se dirige à toute vitesse vers le sud. Il s'est engagé depuis deux jours dans cette zone qui sépare les régions tempérées des régions chaudes, et qui s'appelle : *zone des calmes tropicaux.*

Hier, c'était un calme morne, avec un ciel gris qui rappelait encore les régions tempérées ; l'air était froid, un rideau de nuages immobiles et tout d'une pièce nous voilait le soleil.

Ce matin nous avons passé le tropique, et la mise en scène a brusquement changé ; c'est bien ce ciel étonnamment pur, cet air vif, tiède, délicieux, de la région des alisés, et cette mer si bleue, asile des poissons volants et des dorades.

Les plans sont changés, nous revenons en Europe par le sud de l'Amérique, le cap Horn et l'océan Atlantique ; Tahiti est sur notre route dans le Pacifique, et l'amiral a décidé qu'il s'y arrêterait en passant. Ce sera peu, rien qu'une relâche de quelques jours, quand après, tout sera fini pour jamais ; mais quel bonheur d'arriver, surtout après avoir craint de ne pas revenir !..

... J'étais accoudé sur les bastingages, regardant la mer. Le vieux docteur du *Rendeer* s'approcha de moi, en me frappant doucement sur l'épaule :

— « Eh bien, Loti, dit-il, je sais bien à quoi

vous rêvez : nous y serons bientôt, dans votre île, et même nous allons si vite que ce sont, je pense, vos amies tahitiennes qui nous tirent à elles... »

— « Il est incontestable, docteur, répondis-je, que si elles s'y mettaient toutes... »

VI

26 novembre 1873.

En mer. — Nous avons passé hier par un grand vent au milieu des îles Pomotous.

La brise tropicale souffle avec force, le ciel est nuageux.

A midi, la terre (Tahiti) par babord devant.

C'est John qui l'a vue le premier ; une forme indécise au milieu des nuages : la pointe de Faaa.

Quelques minutes plus tard, les pics de Moorea se dessinent par tribord, au-dessus d'une panne transparente.

Les poissons volants se lèvent par centaines

L'*île délicieuse* est là tout près... Impression singulière, qui ne peut se traduire...

Cependant la brise apporte déjà les parfums tahitiens, des bouffées d'orangers et de gardénias en fleurs.

Une masse énorme de nuages pèse sur toute l'île. On commence à distinguer sous ce rideau sombre la verdure et les cocotiers. Les montagnes défilent rapidement: Papenoo, le grand morne de Mahéna, Fataoua, et puis la pointe Vénus, Fare-ute, et la baie de Papeete.

J'avais peur d'une désillusion, mais l'aspect de Papeete est enchanteur. Toute cette verdure dorée fait de loin un effet magique au soleil du soir.

Il est sept heures quand nous arrivons au mouillage; personne sur la plage, à nous regarder arriver. Quand je mets pied à terre, il fait nuit...

On est comme enivré de ce parfum tahitien qui se condense le soir sous le feuillage épais... Cette ombre est enchanteresse. C'est un bonheur étrange de se retrouver dans ce pays...

..... Je prends l'avenue qui mène au palais. Ce soir elle est déserte. Les bouraos l'ont jonchée de leurs grandes fleurs jaune-pâle et de leurs feuilles mortes. Il fait sous ces arbres une obscurité profonde. Une tristesse inquiète, sans cause connue, me pénètre peu à peu au milieu de ce silence inattendu ; on dirait que ce pays est mort...

J'approche de l'habitation de Pomaré... Les filles de la reine sont là, assises et silencieuses... Quel caprice bizarre a retenu là ces créatures indolentes, qui en d'autres temps fussent venues joyeusement au-devant de nous... Cependant elles se sont parées ; elles ont mis de longues tuniques blanches, et des fleurs dans leurs cheveux ; elles attendent...

Une jeune femme qui se tient debout à l'écart, une forme plus svelte que les autres, attire mon regard, et instinctivement je me dirige vers elle.

— « *Aue! Loti!*... » dit-elle, en me serrant de toutes ses forces dans ses bras... et je rencontre sans l'obscurité les joues douces et les lèvres fraîches de Rarahu...

VII

Rarahu et moi, nous passâmes la soirée à errer sans but dans les avenues de Papeete ou dans les jardins de la reine; tantôt nous marchions au hasard dans les allées qui se présentaient à nous; tantôt nous nous étendions sur l'herbe odorante, dans les fouillis épais des plantes... Il est de ces heures d'ivresses qui passent, et qu'on se rappelle ensuite toute une vie; — ivresses du cœur, ivresses des sens, sur lesquelles la nature d'Océanie jetait son charme indéfinissable, et son étrange prestige.

Et pourtant nous étions tristes, tous deux, au milieu de ce bonheur de nous revoir; tous deux nous sentions que c'était la fin, que bientôt nos destinées seraient séparées pour jamais...

Rarahu avait changé; dans l'obscurité je la sentais plus frêle, et la petite toux si redoutée sortait souvent de sa poitrine. Le lendemain, au jour, je vis sa figure plus pâle et plus accentuée; elle avait près de seize ans; elle était toujours ado-

rablement jeune et enfant ; seulement elle avait
pris plus que jamais ce quelque chose qu'en Europe on est convenu d'appeler *distinction ;* elle
avait dans sa petite physionomie sauvage une
distinction fine et suprême. Il semblait que son
visage eût pris ce charme ultra-terrestre de ceux
qui vont mourir...

Par une fantaisie bien inattendue, elle s'était
fait admettre au nombre des suivantes du palais ;
elle avait précisément demandé d'être au service
d'Ariitéa, à laquelle elle appartenait en ce moment, et qui s'était prise à beaucoup l'aimer.
Dans ce milieu, elle avait puisé certaines notions
de la vie des femmes européennes ; elle avait
appris, surtout à mon intention, l'anglais qu'elle
commençait presque à savoir ; elle le parlait avec
un petit accent singulier, enfantin et naïf ; sa
voix semblait plus douce encore dans ces mots
inusités, dont elle ne pouvait pas prononcer les
syllabes dures.

C'était bizarre d'entendre ces phrases de la
vieille langue anglaise sortir de la bouche de
Rarahu ; je l'écoutais avec étonnement, il semblait que ce fût une autre femme...

Nous passâmes tous deux, en nous donnant la

main comme autrefois, dans la grande rue qui jadis était pleine de mouvement et d'animation.

Mais, ce soir, plus de chants, plus de jeunes femmes, plus de couronnes étalées sous les vérandahs. Là même tout était désert. Je ne sais quel vent de tristesse, depuis notre départ, avait soufflé sur Tahiti...

C'était jour de réception chez le gouverneur français; nous nous approchâmes de sa demeure. Par les fenêtres ouvertes, on plongeait dans les salons éclairés; il y avait là tous mes camarades du *Rendeer*, et toutes les femmes de la cour; la reine Pomaré, la reine Moé, et la princesse Ariitéa. On se demanda plus d'une fois sans doute : où donc est Harry Grant?... Et Ariitéa put répondre avec son sourire tranquille : « Il est certainement avec Rarahu, qui est maintenant ma suivante pour rire, et qui l'attendait depuis le coucher du soleil devant le jardin de la reine. »

Le fait est que Loti était avec Rarahu, et que pour l'instant le reste n'existait plus pour lui.....

Une petite créature qu'on tenait sur les genoux dans le coin le plus tranquille du salon,

m'avait seule aperçu et reconnu ; sa voix d'enfant, déjà bien affaiblie et presque mourante,
cria :

« Ia ora na, Loti ! » (Je te salue, Loti !) C'était
la petite princesse Pomaré ·V, la fille adorée de
la vieille reine.

J'embrassai par la fenêtre sa petite main qu'elle
me tendait, et l'incident passa inaperçu du
public...

Nous continuâmes à errer tous deux ; nous
n'avions plus de gîte où nous retirer ensemble ;
Rarahu était influencée comme moi par la tristesse des choses, le silence et la nuit.

A minuit elle voulut rentrer au palais, pour
faire son service auprès de la reine et d'Ariitéa.
Nous ouvrîmes sans bruit la barrière du jardin
et nous avançâmes avec précaution pour examiner les lieux. C'est qu'il fallait éviter les regards du vieil Ariifaité, le mari de la reine, qui
rôde souvent le soir sous les vérandahs de ses
domaines.

Le palais s'élevait isolé, au fond du vaste enclos ; sa masse blanche se dessinait clairement à

la faible clarté des étoiles ; on n'entendait nulle part aucun bruit. Au milieu de ce silence, le palais de Pomaré prenait ce même aspect qu'il avait autrefois, quand je le voyais dans mes rêves d'enfance. Tout était endormi à l'entour ; Rarahu, rassurée, monta par le grand perron, en me disant adieu.

Je descendis à la plage, prendre mon canot pour rentrer à bord ; tout ce pays me semblait, ce soir-là d'une tristesse désolée.

Pourtant c'était une belle nuit tahitienne, et les étoiles australes resplendissaient...

VIII

Le lendemain Rarahu quitta le service d'Ariitéa qui ne s'y opposa point.

Notre case sous les grands cocotiers, qui était restée déserte en mon absence, se rouvrit pour nous. Le jardin était plus fouillis que jamais, et tout envahi par les herbes folles et les goyaviers ; les pervenches roses avaient poussé et fleuri jusque dans notre chambre... Nous reprîmes possession du logis abandonné avec une joie triste. Rarahu y rapporta son vieux chat fidèle, qui était demeuré son meilleur ami et qui s'y retrouva en pays connu.

..... Et tout fut encore comme aux anciens jours...

IX

Les oiseaux commandés par la petite princesse m'avaient donné la plus grande peine en route, la plus grande peine que des oiseaux puissent donner. — Une vingtaine survivaient, sur trente qu'ils avaient été d'abord, encore se trouvaient-ils très fatigués de leur traversée, — une vingtaine de petits êtres dépeignés, gluants, piteux, qui avaient été autrefois des pinsons, des linottes et des chardonnerets. — Cependant ils furent agréés par l'enfant malade, dont les grands yeux noirs s'éclairèrent à leur vue d'une joie très vive.

— « Mea maitai ! » — c'est bien, dit-elle, c'est bien, Loti !

Les oiseaux avaient conservé un de leurs plus grands charmes ; — déplumés, souffreteux, ils chantaient tout de même, — et la petite reine les écoutait avec ravissement.

X

Papeete, 28 novembre 1873.

A sept heures du matin, — heure délicieuse entre toutes dans les pays du soleil, — j'attendais, dans le jardin de la reine, Taïmaha, à qui j'avais fait donner rendez-vous.

De l'avis même de Rarahu, Taïmaha était une incompréhensible créature qu'elle avait à peine pu voir depuis mon départ et qui ne lui avait jamais donné que des réponses vagues ou incohérentes au sujet des enfants de Rouéri.

A l'heure dite, Taïmaha parut en souriant, et vint s'asseoir près de moi. Pour la première fois je voyais en plein jour cette femme qui, l'année précédente, m'était apparue d'une manière à moitié fantastique, la nuit, et à l'instant du départ.

— « Me voici, Loti, dit-elle, — en allant au-
devant de mes premières questions, mais mon
fils Taamari n'est pas avec moi ; deux fois j'avais
chargé le chef de son district de l'amener ici ;
mais il a peur de la mer, et il a refusé de venir.

» Atario, lui, n'est plus à Tahiti ; la vieille
Huahara l'a fait partir pour l'île de Raiatéa, où
une de ses sœurs désirait un fils. »

Je me heurtais encore contre l'impossible, —
contre l'inertie et les inexplicables bizarreries du
caractère maori.

Taïmaha souriait. — Je sentais qu'aucun reproche, aucune supplication ne la toucherait
plus. Je savais que ni prières, ni menaces, ni in-
tervention de la reine, ne pourraient obtenir que
dans des délais si courts on me fît venir de si
loin cet enfant que je voulais connaître. Et je ne
pouvais prendre mon parti de m'éloigner pour
toujours sans l'avoir vu.

— Taïmaha, dis-je, après un moment de
réflexion silencieuse, nous allons partir ensemble
pour l'île de Moorea. Tu ne peux pas refuser au
frère de Rouéri de l'accompagner dans son
voyage chez ta vieille mère, pour lui montrer ton
fils

Et pourtant j'étais bien avare de ces quelques jours derniers passés à Papeete, bien jaloux de ces dernières heures d'amour et d'étrange bonheur...

XI

Papeete, 29 novembre.

Encore le chant rapide, et le bruit et la frénésie de la Upa-Upa ; encore la foule des Tahitiennes devant le palais de Pomaré ; une dernière grande fête au clair des étoiles comme autrefois.

Assis sous la vérandah de la reine, je tenais dans ma main la main amaigrie de Rarahu qui portait dans ses cheveux une profusion inusitée de fleurs et de feuillage. Près de nous était assise Taïmaha, qui nous contait sa vie d'autrefois, sa vie avec Rouéri. Elle avait ses heures de souvenir et de douce sensibilité ; elle avait versé des larmes vraies, en reconnaissant certain pareo bleu, — pauvre relique du passé que mon frère avait jadis rapportée au foyer, et que moi j'avais trouvé plaisir à ramener en Océanie.

Notre voyage à Moorea était décidé en principe; il n'y avait plus que les difficultés matérielles qui en retardaient l'exécution.

XII

1er décembre 1873.

Le départ pour Moorea s'organisa de grand matin sur la plage.

Le chef Tatari, qui rejoignait son île, donnait passage à Taïmaha et à moi sur la recommandation de la reine. — Il emmenait aussi deux jeunes hommes de son district, et deux petites filles qui tenaient des chats en laisse. Ce fut en face même de la case abandonnée de Rouéri que nous vînmes nous embarquer; le hasard avait amené ce rapprochement.

Ce n'était pas sans grand'peine que ce voyage avait pu s'arranger, l'amiral ne comprenait point quelle nouvelle fantaisie me prenait d'aller courir dans cette île de Moorea, et, en raison du peu de temps que le *Rendéer* devait passer à Papeete, il m'avait pendant deux jours refusé l'autorisation de partir. — De plus, les vents régnants rendaient les communications difficiles entre les deux pays, et la date du retour à Tahiti restait problématique.

On mettait à l'eau la baleinière de Tatari ; les passagers apportaient leur léger bagage et prenaient gaiement congé de leurs amis ; nous allions partir.

A la dernière minute, Taïmaha, changeant brusquement d'idée, refusa de me suivre ; elle alla s'appuyer contre la case de Rouéri, et, cachant sa tête dans ses mains, elle se mit à pleurer.

Ni mes prières, ni les conseils de Tatari ne purent rien contre la décision inattendue de cette femme, et force nous fut de nous éloigner sans elle.

XIII —

La traversée dura près de quatre heures ; au large, le vent était fort et la mer grosse, la baleinière se remplit d'eau.

Les deux chats passagers, fatigués de crier, s'étaient couchés tout mouillés auprès des deux petites filles qui ne donnaient plus signe de vie.

Tout trempés, nous abordâmes loin du point que nous voulions atteindre, dans une baie voisine du district de Papetoaï, — pays sauvage et enchanteur, où nous tirâmes la baleinière au sec sur le corail.

Il y avait très loin de ce lieu au district de Mataveri, qu'habitaient les parents de Taïmaha et le fils de mon frère.

Le chef Tauïro me donna pour guide son fils Tatari, et nous partîmes tous deux par un sentier à peine visible, sous une voûte admirable de palmiers et de pandanus.

De loin en loin nous traversions des villages bâtis sous bois, où les indigènes assis à l'ombre, immobiles et rêveurs comme toujours, nous regardaient passer. — Des jeunes filles se détachaient des groupes, et venaient en riant nous offrir des cocos ouverts et de l'eau fraîche.

A mi-chemin, nous fîmes halte chez le vieux chef Taïrapa, du district de Téharoa. — C'était

un grave vieillard à cheveux blancs, qui vint au-
devant de nous appuyé sur l'épaule d'une petite
fille délicieusement jolie.

Jadis il avait vu l'Europe, et la cour du roi
Louis-Philippe. Il nous conta ses impressions
d'alors et ses étonnements ; on eût cru entendre
le vieux Chactas contant aux Natchez sa visite au
Roi-Soleil.

XIV

Vers trois heures de l'après-midi, je fis mes
adieux au chef Taïrapa, et continuai ma route.

Nous marchâmes encore une heure environ,
dans des sentiers sablonneux, sur des terrains
que Tatari me dit appartenir à la reine Pomaré.

Puis nous arrivâmes à une baie admirable, où
des milliers de cocotiers balançaient leur tête au
vent de la mer.

On se sentait sous ces grands arbres aussi
écrasé, aussi infime, qu'un insecte microscopique
circulant sous de grands roseaux. — Toutes ces
hautes tiges grêles étaient, comme le sol, d'une
monotone couleur de cendre ; et, de loin en

loin, un pandanus ou un laurier-rose chargé
de fleurs jetait une nuance éclatante sous cette
immense colonnade grise. — La terre nue était
semée de débris de madrépores, de palmes déssé-
chées, de feuilles mortes. — La mer, d'un bleu
foncé, déferlait sur une plage de coraux brisés
d'une blancheur de neige ; à l'horizon apparaissait Tahiti, à demi perdu dans la vapeur, baigné
dans la grande lumière tropicale.

Le vent sifflait tristement là-dessous, comme
parmi des tuyaux d'orgues gigantesques ; ma tête
s'emplissait de pensées sombres, d'impressions
étranges, — et ces souvenirs de mon frère, que
j'étais venu là évoquer, revivaient comme ceux
de mon enfance, à travers la nuit du passé...

XV

— « Voici, dit Tatari, les personnes de la famille de Taïmaha ; l'enfant que tu cherches doit
être là, ainsi que sa vieille grand'mère Hapoto. »
Nous apercevions en effet devant nous un

groupe d'indigènes assis à l'ombre, c'étaient des enfants et des femmes, dont les silhouettes obscures se profilaient sur la mer étincelante.

Mon cœur battait fort en approchant d'eux, à la pensée que j'allais voir cet enfant inconnu, déjà aimé, — pauvre petit sauvage, lié à moi-même par les puissants liens du sang.

« Celui-ci est Loti, le frère de Rouéri, — celle-ci est Hapoto, la mère de Taïmaha, » dit Tatari en me montrant une vieille femme qui me tendit sa main tatouée.

« Et voici Taamari, » continua-t-il, — en désignant un enfant qui était assis à mes pieds.

J'avais pris dans mes bras avec amour cet enfant de mon frère ; — je le regardais, cherchant à reconnaître en lui les traits déjà lointains de Rouéri. C'était un délicieux enfant, mais je retrouvais dans sa figure ronde les traits seuls de sa mère, le regard noir et velouté de Taïmaha.

Il me semblait bien jeune aussi : dans ce pays, où les hommes et les plantes poussent si vite, j'attendais un grand garçon de treize ans, au regard profond comme celui de Georges, et pour la première fois un doute amèrement triste me traversa l'esprit...

XVI

Vérifier l'époque de la naissance de Taamari était chose difficile, — et j'interrogeai inutilement les femmes. Là-bas où les saisons passent inaperçues, dans un éternel été, la notion des dates est incomplète, — et l_s années se comptent à peine.

— « Cependant, dit Hapoto, — on avait remis au chef des écrits qui étaient comme les actes de naissance de tous les enfants de la famille, — et ces papiers étaient conservés dans le *farehau* du district. »

Une jeune fille, à ma prière, partit pour les chercher, au village de Tehapeu, en demandant deux heures pour aller et revenir.

Ce site où nous étions avait quelque chose de magnifique et de terrible ; rien dans les pays d'Europe ne peut faire concevoir l'idée de ces paysages de la Polynésie ; ces splendeurs et cette

tristesse ont été créées pour d'autres imagina-
tions que les nôtres.

Derrière nous, les grands pics s'élançaient
dans le ciel clair et profond. Dans toute l'étendue
de cette baie, déployée en cercle immense, les
cocotiers s'agitaient sur leurs grandes tiges ; la
puissante lumière tropicale étincelait partout.
— Le vent du large soufflait avec violence, les
feuilles mortes voltigeaient en tourbillons ; la
mer et le corail faisaient grand bruit.....

J'examinai ces gens qui m'entouraient ; ils me
semblaient différents de ceux de Tahiti ; leurs
figures graves avaient une expression plus sauvage.

L'esprit s'endort avec l'habitude des voyages ;
on se fait à tout, — aux sites exotiques les plus
singuliers, comme aux visages les plus extraordinaires. A certaines heures pourtant, quand
l'esprit s'éveille et se retrouve lui-même, on est
frappé tout à coup de l'étrangeté de ce qui vous
entoure.

Je regardais ces indigènes comme des inconnus, — pénétré pour la première fois des diffé-
rences radicales de nos races, de nos idées et de

nos impressions; bien que je fusse vêtu comme
eux, et que je comprisse leur langage, j'étais
isolé au milieu d'eux tous, autant que dans l'île
du monde la plus déserte.

Je sentais lourdement l'effroyable distance qui
me séparait de ce petit coin de la terre qui est le
mien, l'immensité de la mer, et ma profonde solitude...

Je regardai Taamari et l'appelai près de moi;
il appuya familièrement sur mes genoux sa petite tête brune. Et je pensai à mon frère Georges
qui dormait à cette heure du sommeil éternel,
couché dans les profondeurs de la mer, là-bas,
sur la côte lointaine du Bengale. — Cet enfant
était son fils, et une famille issue de notre sang
se perpétuerait dans ces îles perdues...

— « Loti, dit en se levant la vieille Hapoto,
viens te reposer dans ma case, qui est à cinq
cents pas d'ici sur l'autre plage. Tu y trouveras
de quoi manger et dormir; tu y verras mon fils
Téharo, et vous conviendrez ensemble des
moyens de retourner à Tahiti, avec cet enfant
que tu veux emmener. »

XVII

La case de la vieille Hapoto était à quelques
pas de la mer ; c'était la classique case maorie,
avec les vieux pavés de galets noirs, la muraille
à jours, et le toit de pandanus, repaire des scorpions et des cent-pieds. — Des pièces de bois
massives soutenaient de grands lits d'une forme
antique, dont les rideaux étaient faits de l'écorce
distendue et assouplie du mûrier à papier. — Une
table grossière composait avec ces lits primitifs
tout l'ameublement du logis ; mais sur cette
table était posée une bible tahitienne, qui venait
rappeler au visiteur que la religion du Christ
était en honneur dans cette chaumière perdue.

Téharo, le frère de Taïmaha, était un homme
de vingt-cinq ans, à la figure intelligente et
douce ; il avait conservé de mon frère un souvenir mêlé de respect et d'affection, et me reçut
avec joie.

Il avait à sa disposition la baleinière du chef
du district, et nous convînmes de repartir pour

Tahiti dès que le vent et l'état de la mer nous le permettraient.

J'avais dit que j'étais habitué à la nourriture indigène, et que je me contenterais comme le reste de la famille des fruits de l'arbre à pain. Mais la veille Hapoto avait ordonné de grands préparatifs pour mon repas du soir, qui devait être un festin. On poursuivit plusieurs poules pour les étrangler, et on alluma sur l'herbe un grand feu, destiné à cuire pour moi le *feiï* et les fruits de l'arbre à pain.

XVIII

Cependant le temps s'écoulait lentement. Il fallait plus d'une heure encore avant que la jeune fille qui était allée chercher les actes de naissance des enfants de Taïmaha pût être revenue.

En l'attendant, je fis au bord de la mer, avec mes nouveaux amis, une promenade qui m'a laissé un souvenir fantastique comme celui d'un rêve.

. Depuis cet endroit jusqu'au district d'Afareahitu vers lequel nous nous dirigions, le pays n'est plus qu'une étroite bande de terrain, longue et sinueuse, resserrée entre la mer et les mornes à pic, — au flanc desquels sont accrochées d'impénétrables forêts.

Autour de moi, tout semblait de plus en plus s'assombrir. Le soir, l'isolement, la tristesse inquiète qui me pénétrait, prêtaient à ces paysages quelque chose de désolé.

C'étaient toujours des cocotiers, des lauriers-roses en fleurs et des pandanus, — tout cela étonnamment haut et frêle, et courbé par le vent. Les longues tiges des palmiers, penchées en tous sens, portaient çà et là des touffes de lichen qui pendaient comme des chevelures grises.

— Et puis, sous nos pieds, toujours cette même terre nue et cendrée, criblée de trous de crabes.

Le sentier que nous suivions semblait abandonné; les crabes bleus avaient tout envahi; ils fuyaient devant nous, avec ce bruit particulier qu'ils font le soir. — La montagne était déjà pleine d'ombres.

Le grand Téharo marchait près de moi, rêveur et silencieux comme un Maori, et je tenais par la main l'enfant de mon frère.

De temps à autre, la voix douce de Taamari s'élevait au milieu de tous les grands bruits monotones de la nature; ses questions d'enfant étaient incohérentes et singulières. — J'entendais cependant sans difficulté le langage de ce petit être, que bien des gens qui parlent à Tahiti le *dialecte de la plage* n'eussent pas compris; il parlait la vieille langue maorie à peu près pure.

Nous vîmes poindre sur la mer une pirogue voilée, qui revenait imprudemment de Tahiti; elle entra bientôt dans les bassins intérieurs du récif, presque couchée sous ce grand vent d'alizé.

Il en sortit quelques indigènes, deux jeunes filles qui se mirent à courir toutes mouillées, jetant au vent triste la note inattendue de leurs éclats de rire.

Il en sortit aussi un vieux Chinois en robe noire, qui s'arrêta pour caresser le petit Taamari, et tira de son sac des gâteaux qu'il lui donna.

— Cette prévenance de ce vieux pour cet enfant, et son regard, me donnèrent une idée horrible...

Le jour baissait, les cocotiers s'agitaient au-dessus de nos têtes, secouant sur nous leurs cent-pieds et leurs scorpions. — Il passait des rafales qui courbaient ces grands arbres comme un champ de roseaux ; les feuilles mortes volti-geaient follement sur la terre nue.....

Je. fis cette réflexion naturelle, qu'il faudrait sans doute rester plusieurs jours dans cette île avant qu'il fût possible à une pirogue de prendre la mer ; cela arrive fréquemment entre Tahiti et Moorea. — Le départ du *Rendeer* était fixé aux premiers jours de la semaine suivante ; mon absence ne le retarderait pas d'une heure, — et les derniers moments que j'aurais pu passer avec Rarahu, — les derniers de la vie, — s'en-voleraient ainsi loin d'elle.

Quand nous revînmes, la nuit tombait tout à fait. — Je n'avais pas prévu cette nuit, ni l'im-pression sinistre que me causait son approche.

Je commençais à sentir aussi l'engourdisse-ment et la soif ardente de la fièvre ; — les im-pressions si vives de cette journée l'avaient déterminée sans doute, en même temps qu'un grand excès de fatigue.

Nous nous assîmes devant la case de la vieille Hapoto.

Il y avait là plusieurs jeunes filles couronnées de fleurs, qui étaient venues des cases voisines pour voir le « *paoupa* » (l'étranger) — car il en vient rarement dans ce district.

— « Tiens! dit l'une d'elles, en s'approchant de moi, — c'est toi, Matareva!... »

Depuis longtemps je n'avais pas entendu prononcer ce nom que Rarahu m'avait donné jadis et contre lequel avait prévalu celui de Loti.

Elle avait appris ce nom dans le district d'Apiré, au bord du ruisseau de Fataoua, où l'année précédente elle m'avait vu.

La nature et toutes choses prenaient pour moi des aspects étranges et imprévus, sous l'influence de la fièvre et de la nuit. — On entendait dans les bois de la montagne le son plaintif et monotone des flûtes de roseau.

A quelques pas de là, sous un toit de chaume soutenu par des pieux de bourao, on faisait la cuisine à mon intention. — Le vent balayait terriblement cette cuisine ; des hommes nus, avec de grands cheveux ébouriffés, étaient accroupis

.à, comme des gnômes, autour d'une épaisse fumée. — Le mot « Toupapahou ! », prononcé près de moi, résonnait étrangement à mes oreilles...

.....

XIX

Cependant la jeune fille qui avait été envoyée chez le chef du district arriva, — et je pus encore lire à cette dernière lueur du jour les quelques phrases tahitiennes qui rétablissaient la vérité par des dates :

« *Ua fanau o Taamari i te Taïmaha,*
Est né le Taamari de la Taïmaha,
I te mahana pae no Tiurai 1864...
le jour cinq de juillet 1864...
« *Ua fanau o Atario i te Taïmaha.*
Est né le Atario de la Taïmaha,
I te mahana piti no Aote 1865...
le jour deux de août 1865... »

... Un grand effondrement venait de se faire, un grand vide dans mon cœur, — et je ne voulais pas voir, je ne voulais pas croire. — Chose étrange, je m'étais attaché à l'idée de cette famille

tahitienne, — et ce vide qui se faisait là me
causait une douleur mystérieuse et profonde ;
c'était quelque chose comme si mon frère perdu
eût été plongé plus avant et pour jamais dans le
néant ; tout ce qui était lui s'enfonçait dans la
nuit profonde, c'était comme s'il fût mort une
seconde fois. — Et il semblait que ces îles fussent
devenues subitement désertes, — que tout le
charme de l'Océanie fût mort du même coup, et
que rien ne m'attachât plus à ce pays.

— « Es-tu bien sûr, Loti, disait d'une voix trem-
blante la mère de Taïmaha, pauvre vieille femme
à moitié sauvage, — es-tu bien sûr, Loti, des
choses que tu viens nous dire ?... »

Je leur affirmai à tous ce mensonge — Taïmaha
avait fait ce que font plus d'une incompréhensible Tahitienne ; après le départ de Rouéri, elle
avait pris un autre amant européen ; on ne voyage
guère, entre le district de Matavéri et Papeete ;
elle avait pu tromper sa mère, son frère et ses
sœurs, en leur cachant pendant deux ans le départ
de celui auquel ils l'avaient confiée, — après quoi
elle était venue le pleurer à Moorea. — Elle l'avait
réellement pleuré pourtant, et peut-être n'avait-
elle aimé que lui.

— Le petit Taamari était encore près de moi, la tête appuyée sur mes genoux. — La vieille Hapoto le tira rudement par le bras. — Elle se cacha la figure dans ses mains ridées et couvertes de tatouages ; un peu après, je l'entendis pleurer...

XX

Je restai là longtemps assis, tenant toujours en main les papiers du chef, et cherchant à rassembler mes idées embrouillées par la fièvre.

Je m'étais laissé abuser comme un enfant naïf par la parole de cette femme ; je maudissais cette créature, qui m'avait poussé dans cette île désolée, tandis qu'à Tahiti Rarahu m'attendait, et que le temps irréparable s'envolait pour nous deux.

Les jeunes filles étaient toujours là assises, avec leurs couronnes de gardénias qui répandaient leur parfum du soir ; tous étaient immobiles, la tête tournée vers la forêt, groupés, comme pour s'unir contre l'obscurité envahissante, contre la solitude et le voisinage des bois.

Le vent gémissait plus fort, il faisait froid et il faisait nuit...

XXI

Je fis peu d'honneur au souper qui m'était offert, et, Téharo m'ayant abandonné son lit, je m'étendis sur les nattes blanches, essayant du sommeil pour calmer ma tête troublée.

Lui, Téharo, s'engageait à veiller jusqu'au jour, afin que rien ne retardât notre départ pour Tahiti, si, vers le matin, le vent venait à s'apaiser.

La famille prit son repas du soir, — et tous s'étendirent silencieusement sur leurs lits de chaume, roulés comme des momies d'Égypte dans leurs pareos sombres, — la nuque reposant à l'antique sur des supports en bois de bambou.

La lampe d'huile de cocotier, tourmentée par le vent, ne tarda pas à mourir, et l'obscurité devint profonde.

XXII

Alors commença une nuit étrange. toute remplie de visions fantastiques et d'épouvante.

Les draperies d'écorce de mûrier voltigeaient autour de moi avec des frôlements d'ailes de chauves-souris, le terrible vent de la mer passait sur ma tête. Je tremblais de froid sous mon pareo; — je sentais toutes les terreurs, toutes les angoisses des enfants abandonnés...

Où trouver en français des mots qui traduisent quelque chose de cette nuit polynésienne, de ces bruits désolés de la nature, — de ces grands bois sonores, de cette solitude dans l'immensité de cet Océan, — de ces forêts remplies de sifflements et de rumeurs étranges, peuplées de fantômes, — les Toupapahous de la légende océanienne, courant dans les bois avec des cris lamentables, — des visages bleus, — des dents aiguës et de grandes chevelures...

Vers minuit, j'entendis au dehors un bruit dis-

tinct de voix humaines qui me fit du bien; et
puis une main prit doucement la mienne :

C'était Téharo qui venait voir si j'avais encore
la fièvre.

Je lui dis que j'avais aussi le délire par instants,
et d'étranges visions, — et le priai de rester près
de moi. — Ces choses sont familières aux Maoris,
et ne les étonnent jamais.

Il garda ma main dans la sienne, et sa présence
apporta du calme à mon imagination.

Il arriva aussi que, la fièvre suivant son
cours, j'eus moins froid, — et finis par m'endormir.

XXIII

A trois heures du matin, Téharo m'éveilla. —
A ce moment je me crus là-bas, — à Brightbury,
couché dans ma chambre d'enfant, sous le toit
béni de la vieille maison paternelle; je crus entendre les vieux tilleuls de la cour remuer sous
ma fenêtre leurs branches moussues, — et le
bruit familier du ruisseau sous les peupliers.....

Mais c'étaient les grandes palmes des cocotiers qui se froissaient au dehors, — et la mer qui rendait sa plainte éternelle sur les récifs de corail.

Téharo m'éveillait pour partir ; le temps s'était calmé, et on apprêtait la pirogue.

Quand je fus dehors, j'en éprouvai du bien ; — mais j'avais la fièvre encore, et la tête me tournait un peu.

Les Maoris allaient et venaient sur la plage, apportant dans l'obscurité les mâts, les voiles et les pagayes.

Je m'étendis, épuisé, dans l'embarcation, et nous partîmes.

XXIV

C'était une nuit sans lune. — Cependant à la lueur diffuse des étoiles on distinguait nettement les forêts suspendues au-dessus de nos têtes, — et les tiges blanches des grands cocotiers penchés.

Nous avions pris sous l'impulsion du vent une vitesse imprudente, au moment de passer en pleine nuit la ceinture des récifs ; les Maoris exprimaient tout bas leur frayeur, de courir ainsi par mauvais temps dans l'obscurité.

La pirogue, en effet, toucha plusieurs fois sur le corail. — Les redoutables rameaux blancs écorchèrent sa quille avec un bruit sourd, — mais ils se brisèrent, et nous passâmes.

Au large, la brise tomba ; — subitement le calme se fit. Ballottés par une houle énorme, dans une nuit profonde, nous n'avancions plus ; il fallut pagayer.

Cependant la fièvre était passée ; j'avais pu me lever, et prendre en main le gouvernail. — Je vis alors qu'une vieille femme était étendue au fond de la pirogue ; c'était Hapoto, qui nous avait suivis pour aller parler à Taïmaha.

Quand la mer se fut calmée comme le vent, le jour était près de paraître.

Nous aperçûmes bientôt les premières lueurs de l'aube ; — et les hauts pics de Moorea, qui déjà s'éloignaient, prirent une légère teinte rose.

La vieille femme étendue à mes pieds était immobile et semblait évanouie ; — mais les Maoris respectaient ce sommeil, voisin de la mort, que lui avaient donné la fatigue et l'excès de la frayeur ; ils parlaient bas pour ne point la troubler.

Chacun de nous procéda sans bruit à sa toilette, en se plongeant dans l'eau de la mer. — Après quoi nous fîmes des cigarettes de pandanus en attendant le soleil.

Le lever du jour fut calme et splendide ; tous les fantômes de la nuit s'étaient envolés ; je m'éveillais de ces rêves sinistres avec une intime sensation de bien-être physique.

Et bientôt, quand j'aperçus Tahiti, Papeete, la case de la reine, celle de mon frère, au beau soleil du matin ; — Moorea, non plus sombre et fantastique, mais baignée de lumière, je vis combien j'aimais encore ce pays, malgré ce vide qui venait de se faire pour moi, et ces liens du sang qui n'existaient plus ; — et je pris en courant le chemin de la chère petite case où Rarahu m'attendait.....

.   .   .   .

XXV

... Le jour fixé par la petite princesse pour lâcher dans la campagne les oiseaux chanteurs était arrivé.

Nous étions cinq personnes qui devions procé-

der à cette importante opération, et, une voiture
partie de chez la reine nous ayant déposés à l'entrée des sentiers de Fataoua, nous nous enfon-
çâmes sous bois.

La petite Pomaré qu'on nous avait confiée
marchait tout doucement entre Rarahu et moi
qui, tous deux, lui donnions la main ; deux suivantes venaient par derrière, portant sur un bâ-
ton la cage et ses précieux habitants.

Ce fut dans un recoin délicieux du bois de
Fataoua, loin de toute habitation humaine, que
l'enfant désira s'arrêter.

C'était le soir ; le soleil déjà très bas ne pénétrait plus guère sous l'épais couvert de la forêt;
au-dessus de toute cette végétation, il y avait encore les grands mornes qui jetaient sur nous leurs
ombres. — Une lumière bleuâtre, qui descendait
d'en haut comme dans les caves, tombait à terre
sur un tapis de fougères fines et exquises; sous
les grands arbres s'étalaient des citronniers tout
blancs de fleurs. — On entendait de loin dans
l'air humide le bruit de la grande cascade; —
autrement, c'était toujours ce silence des bois de
la Polynésie, — sombre pays enchanté, auquel il
semble qu'il manque la vie.

La petite fille de Pomaré, grave et sérieuse, ouvrit elle-même la porte aux oiseaux, — et puis nous nous retirâmes tous pour ne point troubler ce départ.

Mais les petites bêtes avaient l'air peu disposées à prendre la volée. — Celle qui la première passa la tête à la porte, — une grosse linotte sans queue, — parut examiner attentivement les lieux, — et puis elle rentra, effrayée de ce silence et de cet air solennel, — pour dire aux autres sans doute : « Vous vous trouverez mal dans ce pays ; le Créateur n'y avait point mis d'oiseaux ; ces ombrages ne sont pas faits pour nous.»

Il fallut les prendre tous à la main pour les décider à sortir, et quand toute la bande fut dehors, sautillant de branche en branche d'un air inquiet, — nous retournâmes sur nos pas.

Il faisait déjà presque nuit, — et il semblait que les pauvres petits nous suivissent en piaulant dans la verdure. — Nous les entendîmes derrière nous jusqu'au moment où nous fûmes hors des grands bois.....

. . . .

XXVI

... Je ne puis exprimer l'effet étrange que me produisait Rarahu lorsqu'elle me parlait anglais. Elle avait conscience de cette impression, et n'employait ce langage que lorsqu'elle était sûre de ce qu'elle allait dire, et désirait que j'en fusse particulièrement frappé. Sa voix avait alors une douceur indéfinissable, un bizarre charme de pénétration et de tristesse ; il y avait des mots, des phrases qu'elle prononçait bien ; — et alors il semblait que ce fût une jeune fille de ma race et de mon sang ; il semblait que tout à coup cela nous rapprochât l'un de l'autre, d'une manière mystérieuse et inattendue.....

Elle voyait maintenant qu'il ne fallait plus songer à me garder auprès d'elle, que ce projet d'autrefois était abandonné comme un rêve d'enfant, que tout cela était bien impossible et bien fini pour jamais. Nos jours étaient comptés. — Tout au plus parlais-je de revenir, et encore, elle n'y croyait pas. En mon absence, je ne sais ce qu'avait fait la pauvre petite ; on ne lui avait

pas connu d'amants européens, c'était tout ce
que j'avais désiré apprendre. — J'avais conservé au moins sur son imagination une sorte
de prestige que la séparation ne m'avait pas enlevé, et qu'aucun autre que moi n'avait pu avoir;
à mon retour, tout l'amour que peut donner une
petite fille passionnée de seize ans, elle me l'avait
prodigué sans mesure, — et pourtant, je le voyais
bien, — en même temps que nos derniers jours
s'envolaient, Rarahu s'éloignait de moi; elle souriait toujours de son même sourire tranquille,
mais je sentais que son cœur se remplissait d'a-
mertume, de désenchantement, de sourde irri-
tation, et de toutes les passions effrénées des enfants sauvages.

Je l'aimais bien, mon Dieu, pourtant!

Quelle angoisse de la quitter, et de la quitter
perdue.....

— « Oh! ma chère petite amie, lui disais-je, ô
ma bien-aimée, tu seras sage, après mon départ.
Et moi, je reviendrai si Dieu le permet. Tu crois
en Dieu, toi aussi; prie, au moins, — et nous
nous reverrons encore dans l'éternité.

« Pars, toi aussi, lui disais-je, à genoux; va,
loin de cette ville de Papeete; va vivre avec Tia-

houi, ta petite amie, dans un district éloigné où ne viennent pas les Européens ; — tu te marieras comme elle, tu auras une famille comme les femmes chrétiennes ; — avec de petits enfants qui t'appartiendront et que tu garderas près de toi, tu seras heureuse..... »

Alors et toujours, ce même incompréhensible sourire paraissait sur ses lèvres ; — elle baissait la tête et ne répondait plus. — Et je comprenais bien qu'après mon départ elle serait une des petites filles les plus folles, et les plus perdues de Papeete

Quelle angoisse c'était, mon Dieu, quand elle, silencieuse et distraite, — à tout ce que je trouvais de suppliant et de passionné à lui dire, — souriait de son même sourire de sombre insouciance, de doute et d'ironie.....

Y a-t-il une souffrance comparable à celle-là : ... aimer, et sentir qu'on ne vous écoute plus ? — que ce cœur qui vous appartenait se ferme, quoi que vous fassiez ? — que le côté sombre et inexplicable de sa nature reprend sur lui sa force et ses droits ? .....

Et pourtant on aime de toute son âme cette âme qui vous échappe. Et puis, la mort est là qui attend ; elle va prendre bientôt ce corps adoré, qui est la chair de votre chair. La mort

sans résurrection, sans espoir, — puisque celle-
là même qui va mourir ne croit plus à rien de
ce qui sauve et fait revivre.....

Si cette âme était tout à fait mauvaise et perdue,
—on en ferait le sacrifice comme d'une chose im-
pure.... Mais, sentir qu'elle souffre, savoir qu'elle
a été douce, aimante, et pure!... — C'est comme
un voile de ténèbres qui l'enveloppe, —une mort
anticipée qui l'étreint et qui la glace. Peut-être
ne serait-il pas impossible de la sauver encore,
— mais il faut partir, s'en aller pour toujours, —
et le temps passe et on ne peut rien !.....

Alors ce sont des transports d'amour, d'amour
et de larmes; — on veut s'enivrer à la dernière
heure de tout ce qui va vous être enlevé sans
retour, — et prendre encore, avant la fin qui va
venir, tout ce qu'on peut arracher à la vie de
joies délirantes et de sensations fièvreuses........

. . . .

XXVII

..... Nous cheminions, Rarahu et moi, en nous
donnant la main, sur la route d'Apiré. — C'était
l'avant-veille du départ.

Il faisait une accablante chaleur d'orage. —
L'air était chargé de senteurs de goyaves mûres; toutes les plantes étaient énervées. De jeunes
cocotiers d'un jaune d'or dessinaient leurs palmes immobiles sur un ciel noir et plombé; le
morne de Fataoüa montrait dans les nuages ses
cornes et ses dents; ces montagnes de basalte
semblaient peser lourdes et chaudes sur nos
têtes, et oppresser nos pensées comme nos sens.

Deux femmes, qui paraissaient nous attendre
au bord du chemin, se levèrent à notre approche
et s'avancèrent vers nous.

L'une qui était vieille, cassée, tatouée, entraî-
nait par la main l'autre, qui était encore belle et
jeune; — c'était Hapoto, et sa fille Taïmaha.

— « Loti, dit humblement la vieille femme,
pardonne à Taïmaha..... »

Taïmaha souriait de son éternel sourire
en baissant les yeux comme un enfant pris en
faute, mais qui n'a pas conscience du mal qu'il
a fait et n'en éprouve aucun remords.

— « Loti, dit Rarahu en anglais, Loti par-
donne-lui! »

Je pardonnai à cette femme, et pris sa main
qu'elle me tendait. — Il ne nous est pas possible,

à nous qui sommes nés sur l'autre face du monde,
de juger ou seulement de comprendre ces natures incomplètes, si différentes des nôtres, chez
qui le fond demeure mystérieux et sauvage, et
où l'on trouve pourtant, à certaines heures, tant
de charme, d'amour, et d'exquise sensibilité.

Taïmaha avait à me remettre un objet bien
précieux, — une relique d'autrefois, — le pareo
de Rouéri que, sur sa demande, je lui avais confié.

Elle l'avait blanchi et réparé avec un soin extrême. — Elle parut émue cependant, et une
larme trembla dans ses yeux quand elle me remit ce souvenir — qui allait retourner avec moi
là-bas, à Brightbury d'où je l'avais emporté.

XXVIII

Dans une dernière visite que je fis à Pomaré,
je lui recommandai Rarahu.

La vieille reine secoua la tête :

— « ..... Et quand même, Loti, dit-elle, maintenant, qu'en ferais-tu ?.... »

— « Je reviendrai, » répondis-je, en hésitant.

— « Loti!.... ton frère aussi devait revenir!...

« Vous dites tous cela, continua-t-elle lentement, comme repassant ses propres souvenirs. —
Quand vous quittez mon pays, vous dites tous cela.
— Mais la terre britannique (te fenua piritania)
est loin de la Polynésie ; de tous ceux que j'ai vus
partir, il en est bien peu qui soient revenus.... »

— « En tout cas, embrasse celle-ci, dit-elle en
me montrant sa petite-fille. — Car celle-ci, tu
ne la retrouveras plus.... »

XXIX

Le soir, Rarahu et moi, nous étions assis sous
la véranda de notre case ; on entendait partout
dans l'herbe les bruits de cigales des soirs d'été.
— Les branches non émondées des orangers et
des hibiscus donnaient à notre demeure un air
d'abandon et de ruine ; nous étions à moitié cachés sous leurs masses capricieuses et touffues.
— « Rarahu, disais-je, ne veux-tu plus croire
au Dieu de ton enfance, qu'autrefois tu savais
prier avec amour ? »

— « Quand l'homme est mort, répondit lentement Rarahu, — et enfoui sous la terre, quelqu'un pourrait-il l'en faire sortir ? »

— « Pourtant, dis-je encore, en me rattachant
à certaines croyances sombres qu'elle n'avait pas
perdues, — pourtant tu as peur des fantômes ;
tu sais bien qu'à cette heure même, autour de
nous, dans ces arbres, peut-être il y en a…. »

— « Ah! oui, dit-elle avec un frisson, — après,
il y a peut-être le Toupapahou ; après la mort,
il y a le fantôme qui, quelque temps, paraît encore, et rôde incertain dans les bois ; — mais je
pense que le Toupapahou s'éteint aussi, quand,
la longue, il n'a plus de forme sous la terre, —
et qu'alors c'est la fin…. »

Je n'oublierai jamais cette voix fraîche d'enfant, prononçant dans sa langue douce et singulière d'aussi sombres choses……

XXX

C'était le dernier jour…..

Le soleil d'Océanie s'était levé aussi radieux

qu'à l'ordinaire sur « Tahiti la délicieuse » ; — ce que souffrent dans leur cœur les hommes qui passent et disparaissent n'a rien de commun avec l'éternelle nature, et n'entrave jamais ses fêtes inconscientes.

Depuis le matin nous étions debout tous deux, et bien empressés. — Les préparatifs du départ apportent souvent une diversion heureuse à la tristesse de ceux qui vont se quitter, — et ce cas était le nôtre.....

Il nous fallait emballer le produit de toutes nos pêches, de toutes nos expéditions sur les récifs ; tous nos coquillages, tous nos madrépores rares, qui, en mon absence, avaient séché sur l'herbe du jardin, et ressemblaient maintenant à de grands chens fins et compliqués, plus blancs que de la neige.

Rarahu déployait une activité extrême, et faisait beaucoup d'ouvrage, ce qui n'est point habituel aux femmes tahitiennes ; tout ce mouvement rompait sa douleur. — Je sentais bien que son cœur se déchirait en me voyant partir ; je la retrouvais elle-même, et je reprenais un peu de confiance et d'espoir.....

Nous avions à emballer une quantité d'objets, — une foule de choses qui eussent fait sourire beaucoup de gens : des branches des goyaviers d'Apiré, des branches des arbres de notre jardin, des morceaux de l'écorce des grands cocotiers qui ombrageaient notre case....

Plusieurs couronnes fanées de Rarahu, — toutes celles des derniers jours, — faisaient aussi partie de mon bagage, — avec des gerbes de fougères, et des gerbes de fleurs. Rarahu y ajoutait encore des touffes de reva-reva, renfermées dans des boîtes de bois odorant, et de délicates couronnes en paille de peïa, qu'elle avait fait tresser pour moi.

Et tout cela emplissait des caisses en quantité, tout cela constituait un train de départ énorme.....

XXXI

Vers deux heures nous eûmes terminé ces grands préparatifs. Rarahu mit sa plus belle tapa de mousseline blanche, plaça des gardénias dans ses cheveux dénoués, — et nous sortîmes de chez nous.

Je voulais avant de partir revoir une dernière fois Faa, les grands cocotiers et les grandes plages de corail ; je voulais jeter un coup d'œil dernier sur tous ces paysages tahitiens ; je voulais revoir Apiré, et me baigner encore avec ma petite amie dans le ruisseau de Fataoua ; je désirais dire adieu à une foule d'amis indigènes ; je voulais voir tout et tout le monde, je ne pouvais prendre mon parti de tout quitter.... Et l'heure passait, et nous ne savions plus auquel courir......

Ceux-là seuls qui ont dû abandonner pour toujours des lieux et des êtres chéris peuvent comprendre cette agitation du départ, et cette tristesse inquiète, qui oppresse comme une souffrance physique.....

Il était déjà tard quand nous arrivâmes à Apiré, au ruisseau de Fataoua.

Mais tout était encore là comme dans le bon vieux temps ; au bord de l'eau, la société était nombreuse et choisie ; il y avait toujours Tétouara la négresse, qui trônait au milieu de sa cour, et une foule de jeunes femmes qui plongeaient et nageaient comme des poissons, avec la plus insouciante gaieté du monde.

Nous passâmes tous deux, — nous donnant la main comme autrefois, et disant doucement bonjour de droite et de gauche à tous ces visages connus et amis. A notre approche les éclats de rire avaient cessé; la petite figure douce et profondément sérieuse de Rarahu, sa robe blanche traînante comme celle d'une mariée, son regard triste avaient imposé le silence......

Les Tahitiens comprennent tous les sentiments du cœur et respectent la douleur. On savait que Rarahu était la « *petite femme de Loti* »; on savait que le sentiment qui nous unissait n'était point une chose banale et ordinaire ; — on savait surtout qu'on nous voyait pour la dernière fois.

Nous tournâmes à droite, par un étroit sentier bien connu. — A quelques pas plus loin, sous l'ombrage triste des goyaviers, était ce bassin plus isolé où s'était passée l'enfance de Rarahu, et qu'autrefois nous considérions un peu comme notre propriété particulière.

Nous trouvâmes là deux jeunes filles inconnues, très belles, malgré la dureté farouche de leurs traits : elles étaient vêtues, l'une de rose, l'autre de vert tendre ; leurs cheveux aussi noirs que la nuit étaient crêpés comme ceux des femmes de Nuka-Hiva, dont elles avaient aussi l'expression de sauvage ironie.

Assises sur des pierres, au milieu du ruisseau, les pieds baignant dans l'eau vive, elles chantaient d'une voix rauque un air de l'archipel des Marquises.

Elles se sauvèrent en nous voyant paraître, et, comme nous l'avions désiré, nous restâmes seuls.

XXXII

Nous n'étions pas revenus là depuis le retour du *Rendeer* à Tahiti. — En nous retrouvant dans ce petit recoin qui jadis était à nous, nous éprouvâmes une émotion vive, — et aussi une sensation délicieuse, qu'aucun autre lieu au monde n'eût été capable de nous causer.

Tout était bien resté tel qu'autrefois, dans cet endroit où l'air avait toujours la fraîcheur de l'eau courante · nous connaissions là toutes les pierres, toutes les branches, — tout, jusqu'aux moindres mousses. — Rien n'avait changé ; c'étaient bien ces mêmes herbes, et cette même odeur, — mélangée de plantes aromatiques et de goyaves mûres.

Nous suspendîmes nos vêtements aux branches, — et puis nous nous assîmes dans l'eau, savourant le plaisir de nous retrouver encore, et pour la dernière fois, en pareo, au baisser du soleil, dans le ruisseau de Fataoua.

Cette eau, claire, délicieuse, arrivait de l'Oroena par la grande cascade. — Le ruisseau courait sur de grosses pierres luisantes, entre lesquelles sortaient les troncs frêles des goyaviers. — Les branches de ces arbustes se penchaient en voûte au-dessus de nos têtes, et dessinaient sur ce miroir légèrement agité les mille découpures de leur feuillage. — Les fruits mûrs tombaient dans l'eau; le ruisseau en roulait ; son lit était semé de goyaves, d'oranges et de citrons.

Nous ne nous disions rien tous deux ; — assis

près l'un de l'autre, nous devinions mutuelle-
ment nos pensées tristes, sans avoir besoin de
troubler ce silence pour nous les communiquer.
— Les frêles poissons et les tout petits lézards
bleus se promenaient aussi tranquillement que
s'il n'y eût eu là aucun être humain; nous étions
tellement immobiles, que les *varos*, si craintifs,
sortaient des pierres et circulaient autour de nous.

Le soleil qui baissait déjà, — le dernier soleil
de mon dernier soir d'Océanie, — éclairait certaines branches de lueurs chaudes et dorées;
j'admirais toutes ces choses pour la dernière fois.
Les sensitives commençaient à replier pour la nuit
leurs feuilles délicates ; — les mimosas légers, les
goyaviers noirs, avaient déjà pris leurs teintes du
soir, — et ce soir était le dernier, — et demain,
au lever du soleil, j'allais partir pour toujours.....
Tout ce pays et ma petite amie bien-aimée allaient disparaître, comme s'évanouit le décor de
l'acte qui vient de finir.....

Celui-là était un acte de féerie au milieu de
ma vie, — mais il était fini sans retour !... Finis
les rêves, les émotions douces, enivrantes, ou
poignantes de tristesse, — tout était fini, était
mort.....

Et je regardai Rarahu dont je tenais la main
dans les miennes... De grosses larmes coulaient
sur ses joues; des larmes silencieuses, qui tombaient pressées, comme d'un vase trop plein.....

— « Loti, dit-elle, je suis à toi... je suis la petite
femme, n'est-ce pas?... N'aie pas peur, je crois
en Dieu ; je prie, et je prierai... Va, tout ce que
tu m'as demandé, je le ferai... Demain je quitte-
rai Papeete en même temps que toi, et on ne m'y
reverra plus... J'irai vivre avec Tiahoui, je n'au-
rai point d'autre époux, et, jusqu'à ce que je
meure, je prierai pour toi..... »

Alors les sanglots coupèrent les paroles de
Rarahu, qui passa ses deux bras autour de moi et
appuya sa tête sur mes genoux... Je pleurai
aussi, mais des larmes douces; — j'avais retrouvé
ma petite amie, elle était brisée, elle était sauvée.
Je pouvais la quitter maintenant, puisque nos
destinées nous séparaient d'une manière irrévo-
cable et fatale ; ce départ aurait moins d'amer-
tume, moins d'angoisse déchirante; je pouvais
m'en aller au moins avec d'incertaines mais con-
solantes pensées de retour, — peut-être aussi
avec de vagues espérances dans l'éternité !

. . . .

XXXIII

Le soir il y avait grand bal chez Pomaré, — bal d'adieu offert aux officiers du *Rendeer*. — On devait danser jusqu'à l'heure de l'appareillage, que « l'amiral à cheveux blancs » avait fixée pour le lever du jour.

Et Rarahu et moi, nous avions décidé d'y assister.

Il y avait énormément de monde à ce bal, pour un bal de Papeete : toutes les Tahitiennes de la cour ; — quelques femmes européennes ; — tout ce qu'avait pu fournir le personnel de la colonie, — et puis tous les officiers du *Rendeer*, et tous les fonctionnaires français.

Rarahu naturellement n'était point admise dans le salon de la fête ; mais, pendant que la foule dansait fiévreusement la *upa-upa* dans les jardins, elle et quelques autres jeunes femmes dans une situation semblable, privilégiées de la reine, avaient été invitées à prendre place sous la véranda, sur une banquette d'où elles pouvaient, tout aussi bien qu'à l'intérieur, voir et

être vues. — Et, avec le laisser-aller tahitien,
on trouvait tout naturel que je vinsse souvent
m'accouder à la fenêtre, pour causer avec ma petite amie.

En dansant, je rencontrais constamment son
regard grave; elle était éclairée comme une vision, par la lueur rouge des lampes, mêlée aux
rayons bleus de la lune ; sa robe blanche et son
collier de perles brillaient sur le fond sombre du
dehors.

Vers minuit, la reine m'appela d'un signe. —
On emportait sa petite-fille malade qui avait exigé
qu'on l'habillât pour ce bal. — La petite Pomaré
avait voulu me dire adieu avant de se laisser endormir.

Malgré tout, ce bal était triste ; les officiers du
Rendeer, qui y étaient en majorité, y jetaient une
impression de départ et de séparation contre laquelle on ne pouvait réagir. — Il y avait là de
jeunes hommes, qui allaient dire adieu à leurs
maîtresses, à leur vie de nonchalance et de plaisirs ; — il y avait de vieux marins aussi, qui deux
ou trois fois dans le courant de leur existence

étaient venus à Tahiti, qui savaient que maintenant leur carrière était finie, et dont le cœur se serrait en songeant qu'ils ne reviendraient plus.....

La princesse Ariitéa vint à moi, plus animée que de coutume, et parlant plus vite :

— « La reine vous prie, Loti, dit-elle, de vous mettre au piano ; de jouer la valse la plus bruyante que vous pourrez, de la jouer très vite ; de la continuer sans interruption par une autre danse, — et puis encore par une troisième, — afin de ranimer un peu ce bal qui a l'air de mourir..... »

Je jouai avec fièvre, en m'étourdissant moi-même, tout ce que je trouvai au hasard sur le piano. — Je réussis pour une heure à ranimer le bal ; mais c'était une animation factice, — et je ne pouvais pas plus longtemps la soutenir.

XXXIV

Vers trois heures du matin, quand le salon fut vide, j'étais encore au piano, jouant je ne

sais quels airs insensés, accompagnés dans le
lointain par la *upa-upa* qui râlait au dehors.

J'étais seul avec la vieille reine, qui était restée pensive et immobile dans son grand fauteuil
doré. — Elle avait l'air d'une idole incorrecte et
sombre, parée avec un luxe encore sauvage.

Le salon de Pomaré avait cet aspect triste des
fins de bal : un grand désordre, une grande salle
vide ; des bougies s'éteignant dans les torchères,
tourmentées par le vent de la nuit.

La reine se leva péniblement, dans les plis de
sa robe de velours cramoisi. — Elle vit Rarahu
qui se tenait près de la porte, debout et silencieuse. — Elle comprit et lui fit signe d'entrer.

Rarahu entra... timide, les yeux baissés, et
s'approcha de la reine. — Apparaissant après
ce bal, dans cette salle déserte, dans ce silence,
— avec sa longue traîne de mousseline blanche,
ses pieds nus, ses longs cheveux flottants, sa
couronne de gardénias blancs, — et ses yeux
agrandis par les larmes, — elle avait l'air d'une
willi, d'une vision délicieuse de la nuit.

— « Tu as à me parler, Loti, sans doute ; tu
veux me demander de veiller sur elle, dit la vieille

reine avec bienveillance. — Mais c'est elle, je le crains, qui ne le voudra pas..... »

— « Madame, répondis-je, elle va partir demain pour Papeouriri, demander l'hospitalité à Tiahoui son amie. — Là-bas comme ici, je vous supplie de ne pas l'abandonner, — on ne la reverra plus à Papeete. »

— « Ah!... dit la reine, de sa grosse voix étonnée, et visiblement émue... C'est bien, cela, mon enfant; c'est bien... à Papeete tu aurais été bien vite une petite fille perdue.. .. »

Nous pleurions tous les deux, ou pour mieux dire, tous les trois : la vieille reine nous tenait les mains, et ses yeux d'ordinaire si durs se mouillaient de larmes.

— « Eh bien, mon enfant, dit-elle, il ne faut pas différer ce départ. — Si tes préparatifs, comme je le pense, ne sont pas longs à faire, veux-tu partir ce matin même, un peu après le soleil, vers sept heures, dans la voiture qui emmènera ma belle-fille Moé?

Moé s'en va à Atimaono, prendre le navire qui doit la conduire dans sa possession de Raïatéa. — Vous coucherez la nuit prochaine à

Maraa, et demain matin vous serez à Papéou-riri, où, en passant, la voiture te déposera. »

Rarahu sourit à travers ses larmes, à cette idée qui lui causait une joie d'enfant, de partir avec la jeune reine de Raïatéa.

Il y avait entre Rarahu et Moé une affinité mys-térieuse ; — étrangement malheureuses toutes deux, et brisées, elles avaient le même caractère, les mêmes allures et le même genre de charme.

Rarahu répondit qu'elle serait prête. — La pauvre petite en effet n'avait guère à emporter que quelques robes de mousseline de diverses couleurs, — et son fidèle vieux chat gris.....

Et nous prîmes congé de Pomaré, en serrant avec effusion et de tout notre cœur ses vieilles mains royales. — La princesse Ariitéa, qui avait reparu dans le salon, vint en tenue de bal nous accompagner jusqu'à la porte du jardin ; elle disait à Rarahu pour la consoler des choses aussi douces que si elle eût été sa sœur... Et pour la dernière fois nous descendîmes à la plage.....

XXXV

Il faisait nuit close encore.

Au bord de la mer, des groupes nombreux stationnaient ; toutes les filles de la cour, dans leurs toilettes de la veille au soir, avaient suivi les officiers du *Rendeer*. — A part qu'on entendait quelques jeunes femmes pleurer, on eût dit plutôt une fête qu'un départ.

Et ce fut là que, un peu avant le jour, j'embrassai pour la dernière fois ma petite amie..

En même temps que le *Rendeer* quittait l'île délicieuse, la voiture qui emportait Rarahu et Moé quittait Papeete, — et longtemps Rarahu put voir, par les échappées des cocotiers, à travers les rideaux de verdure, — le *Rendeer* s'éloigner sur l'immensité bleue. . . . . . .

. . . .

QUATRIÈME PARTIE

« Aue ! Aue ! a munaiho te tiaré
iti tarona menehenehe !... »
« Aue ! aue ! i teienei ra, ua maheahea !... »
*(Hélas! Hélas! autrefois elle était
jolie, la petite fleur d'arum !...
Hélas! Hélas! maintenant elle est
fanée !...)*

(Rarahu.)

I

Quelques jours plus tard, le *Rendeer* pour-
suivant sa route à travers le Pacifique passa en
vue des mornes de Rapa, la plus australe des îles
polynésiennes. Et puis cette dernière terre des
Maoris disparut elle-même de notre grand horizon monotone, — et ce fut fini de l'Océanie.

Après avoir relâché au Chili, nous sortîmes du
Grand Océan par le détroit de Magellan, pour

rentrer en Europe par la Plata, le Brésil et les Açores.

II

Un triste matin de mars, au lever incertain d'un jour brumeux, je revins à Brightbury, frapper à la porte de ma maison chérie... On ne m'attendait pas encore.

Je tombai dans les bras de ma vieille mère, qui tremblait d'émotion et de surprise. — Le bonheur et l'étonnement furent grands de me revoir.

Après les premiers moments, une impression de tristesse succède à la joie ; un serrement de cœur se mêle au charme du retour : des années ont passé depuis le départ ; — on regarde ceux que l'on chérit : le temps a laissé sur eux ses traces, — on les trouve vieillis..... Heureux encore, s'il n'y a point de place vide au foyer !...

C'est triste une matinée d'hiver dans nos climats du Nord, — surtout quand on a la tête toute remplie des images ensoleillées des tro-

piques. C'est triste, le jour pâle, le ciel morne et
sans rayons, — le froid qu'on avait oublié, —
les vieux arbres sans feuilles, — les tilleuls humides et moussus, — et le lierre sur les pierres
grises.

Pourtant, qu'on est bien au foyer ! — quelle joie
de les revoir tous, y compris les vieux serviteurs
qui ont veillé sur votre enfance ; de retrouver
les douces coutumes oubliées, les bonnes soirées
d'hiver d'autrefois, et comme, au coin du feu,
l'Océanie semble un rêve singulier !......

Le matin où je revins à Brightbury, frapper à
la porte de ma maison, j'encombrais la rue de
bagages, de colis et de caisses énormes.

Tout ce déballage est une des distractions du
retour. Les armes saûvages, les dieux Maoris,
les coiffures de chefs polynésiens, les coquilles
et les madrépores, faisaient bizarre figure, en
revoyant la lumière dans ma vieille maison,
sous le ciel britannique. J'éprouvai surtout une
émotion vive, en déballant les plantes séchées
les couronnes fanées, qui avaient conservé leur
odeur exotique, et embaumaient ma chambre
d'un parfum d'Océanie.

III

Quelques jours après mon retour, on me remit une lettre couverte de timbres américains qui m'arrivait par voie d'Overland. — L'adresse était mise de la main de mon ami Georges T., de Papeete, que les Tahitiens appelaient Tatehau.

Sous l'enveloppe je trouvai deux pages de la grosse écriture enfantine et appliquée de Rarahu, qui m'envoyait son cri de douleur à travers les mers.

R A R A H U A L O T I.

Papéuriri, 15 *Tannaré* 1874.

E hoa fno, e Loti iti,
e ta ú tane iti here,
e ta ú manao raa i Tahiti nei,
ia ora na óe i te Atua mau.
Teie taú parau iti ia óe te rahi nei toú peápeá ia óe.
Mai te mahana e reva tu ai óe ra,
aita ia e faito i tou nei mauiui e tau.
Aita roa tu i moe naae tou manao ia oe

Papéuriri, 15 *janvier* 1874,

Cher ami, ô mon petit Loti,
ô mon petit époux chéri,
ô toi ma seule pensée à Tahiti,
je te salue par le vrai Dieu.
Cette lettre te dira ma tristesse pour toi.
Depuis le jour où tu es parti,
rien ne donne la mesure de ma douleur.
Jamais ma pensée ne t'oublie

mai to óe reva raa.
Aue taua iti e,
teie te tahi parau iti :
eiaha pai oe e manao
e faa ipoipo vau i te tane;
e aha vau e faa ipoipo i
tetane,
no te mea o oe iho te tane
o vau.
A hoi mai pai ei parahi
taua
i tau fenua i Bora-Bora,

ei haapaa i nia iho

i tau fenua i Bora-Bora —

Eiaha pai oe e haamaoroi
to oe na fenua,
eiaha atoa oe e hamani
ino mai ia û.
Teie atoa te tahi parau
iti ;
a hoi mai pai oe i Bora-
Bora ;
no atu ia ore ta oe taoa,
aita vau i nounou rahi,
eiaha pai oe e haapao ite
reira,
e ia hoi mai oe i Tahiti
nei.
Aue! tou mauruuru ia a
apiti taua iti e,
Aue te oaoa o tau mafatu
ia farerei faahou taua iti
e te ia oe,
tou manao,
e tau arofa ite mau ma-
hana atoa.
Aue taua iti a tau manao
raa
ia oe ei tane iti na ú,
Aue tou nounou i to oe
tino iti
ia hia amu rahi no oe !...

depuis ton départ.
O mon ami chéri,
voici ma parole:
ne pense pas
que je me marierai;
comment me marierais-je,

puisque c'est toi qui es
mon époux.
Reviens pour que nous
restions ensemble
dans mon pays de Bora-
Bora;
pour que nous nous ins-
tallions
dans mon pays de Bora-
Bora —
Ne reste pas si longtemps
dans ton pays,
et sois-moi fidèle.

Voici encore une parole:
reviens à Bora-Bora;
peu importe que tu n'aies
pas de richesses,
je ne demande pas beau-
coup,
ne t'occupe pas de cela,

et reviens à Tahiti.

Ah ! quel contentement
d'être ensemble,
Ah ! quelle joie de mon
cœur d'être réunie de
nouveau à toi,
ma pensée,
et mon amour de chaque
jour.
Ah! cette pensée chérie

que tu sois mon époux,
Ah ! combien je désire
ton corps
pour manger beaucoup
de toi !...

Teie te tahi parau no tau
parahi raa i l'Papeuriri nei :
     Aita vau i taiata
te parahi noa nei au mai.
Te faaea maitai noa neia
vau io Tiahoui-vahine,
     te ore ae faaea
     i te hamani maitai mai ia
vau —
     E tau hoa iti oto rahi e,

te faaite atu nei au
     i tau nei parau hopea ia
oe, aita roa tu vau e maitai noa e i teie nei, .
     na tui faahou hia vau
     i te mai rahi ta oe i ite
i nia ia u a faaea i taua ra,
hoe a huru mai, aita e
huru e ;
     e i teie nei ra pohe raa,
na roto noa vau ite faao-
romai,
     no te mea ua moe e atu na
oe ;
     ahiri hoi oe i pihaiho ia
ù, e mama rii oe ia vau nei...
     I teie nei ra,
     te tuu atu nei o Tiahoui
ma i to raua aroha ia oe,
     e te fetii rii atoa a oia
toahai o vau nei ;
     aita roatu oe iti e moe
noae
     i te mau taata no tau fe-
nua iti ia ai te fara...

     Tirara parau.
     Ia ora na oe, tau tane
iti here.
     Ia ora na o Loti iti.
     Na Rarahu ta oe vahine
iti
            Rarahu.

Ua horoa hia eau teie nei

Voici une parole sur mon
séjour à Papéouriri :
je suis sage,
je reste bien tranquille.
Je me repose bien chez
Tiahoui-femme,
elle ne cesse
d'être bonne pour moi —

ô mon petit ami, (littéra-
lement : grand chagrin)
je te fais savoir
en finissant cette lettre,
jamais maintenant je suis
bien,
je suis retombée
dans ce mal que tu savais
sur moi cesser,
ce même mal, pas un
autre ;
et cette maladie,
je la supporte avec pa-
tience,
parce que tu m'as oubliée;
si tu étais près de moi,
tu me soulagerais un peu...
Et maintenant,
la Tiahoui et les siens te
rappellent leur amitié pour
toi,
et ses parents aussi et
moi aussi ;
jamais tu ne seras oublié

des hommes de mon
pays...

J'ai fini mon discours,
Je te salue, mon petit
époux chéri.
Je te salue, ô mon Loti,
De Rarahu ta petite
épouse,
            Rarahu.

J'ai donné cette lettre

parau ia Tatehau mataiore,
   aita·pai au iteite ioa o to
oe fenua e nana e papai.

   Ia ora na oe, tau here iti,
           Rarahu.

à Tatehau œil - de - rat ,
   je ne sais pas bien le nom
de l'endroit où je dois t'é-
crire.

   Je te salue, mon ami chéri,
           Rarahu.

IV

NOTE DE PLUMKET

Loti écrivit à Rarahu une longue lettre, dans
laquelle il exprimait en langue tahitienne son
grand amour pour sa petite amie. — Il racontait,
d'une manière intelligible pour elle, au moyen
d'expressions et d'images particulières, sa traversée de six mois sur le *Rendeer* ; la tempête du
cap Horn qui avait mis son navire en danger, et
lui avait enlevé beaucoup de ces caisses remplies de souvenirs d'Océanie. — Et puis il lui
parlait de son retour au foyer, de son pays et de
sa mère, — et lui disait que, malgré ces douces
choses, il rêvait de revenir encore dans le Grand
Océan, pour y retrouver son île bien-aimée et sa
petite épouse sauvage.

                                    16.

V

RARAHU A LOTI (*Un an après*).

Papeete, te 3 no Tetepa 1874.

E tau hoa iti here rahi,
e tau mea iti mauiui rahi,
ia ora na oe i te Atua mau.

E maere rahi roa ino au
ta oe rata i te ore et ae mai
ia u nei, no te mea a pae ae
nei tau rata i papai atu na

e aita roa tu etahi parau iti
api i tae noa mai nei no oe.
E riro ra paha oe
aita oe e haamanao faa-
hou mai ia u,
inaha te hio nei mau
rata e hapono atu ia oe,
aita roa tu oe e poroi
noa mai.
Hoa iti mauiui rahi e,
no te aha oe na moe raa
tu ia u ?
Aita roa tu vau nei e
maitai noa e,
te pohe, te mai...
Ahiri hoi oe e papai rii
noa mai ia u,
e mahanahana e ia tau nei
aau, aita roa tu ra hoi oe e
manao naa e i te reira ra
huru.
Area ra vau nei,
te vai noa nei a ia tau
roha ia oe, e tau atoa hoi
ai rahi ia oe ;

Papeete, le 3 décembre 1874.

O mon petit ami chéri,
ô mon cher objet de ma
peine, je te salue par le
vrai Dieu.
Je suis bien péniblement
étonnée de ne pas recevoir
de lettre de toi, parce que
voilà cinq fois que je t'ai
écrit,
et jamais un mot de toi
ne m'est encore parvenu.
Peut-être arrive-t-il
que tu ne te souviens
plus de moi,
voici je vois que mes lettres t'ont été envoyées,
jamais tu ne m'en as infor-
mée.
Cher objet de ma peine,
pourquoi m'oublies-tu ?

Jamais maintenant je ne
serai bien,
la maladie, la douleur...
Mais si tu m'écrivais un
peu,
cela réchaufferait mon cœur,
mais jamais tu ne penses à
cela.

Mais quant à moi,
mon amour pour toi reste
le même, et aussi mes larmes pour toi ;

mai te mea e te vai na e a
te hoe maa aroha iti roto ia
oe no u,
   na oe iho ia o manao mai.

Ahiri au e maitai ia haere
atu a pihai iho ia oe.
   ua reva e atu na ia vau,
   aita ra hoi tau ravea e
tae atu ai au...
— Teie te tahi parau i
Papeete nei :
   I te avae i mua e te oroa
rahi i Papeete,
   ei te mootua tamahine
no te arii vahine.
   Ua te oroa nehenehe roa,
e ua upaupa te mau va-
hine e tae mai te poipoi —
   Ua upaupa nau atou ;
   ei nia i tau upoo a tahi
hei huruhuru manu, —
   tau mafatu ra merahi
pea-pea...
E i teie nei ra, o Pomare
arii ma,
   e to na mootua tamahine
iti Pomare,
   e o Ariitea,
   parau ia oe : ia ora na.
Aita roa tu e parau rii
api i Tahiti nei,
   maori ra e,
   o Ariifaite te tane o te
arii vahine,
   ua pohe roa ino ia i roto i
Atete nei i te ono...

. . . .
. . . .

Aita roa tu mea maitai
nou merahi aroha no oe,
te tane iti nou !...

Aue ! Aue ! hoi te tiare iti
tarona iti e ua maheahea i
teie nei !...

comme s'il restait dans
ton cœur un peu d'amour
pour moi,
   toi-même tu penserais à
moi.
Si j'avais pu aller au
loin vers toi,
   je serais partie,
   mais mon projet eut été
inexécutable...
— Voici une parole con-
cernant Papeete :
   Il y a eu grande fête à
Papeete le mois passé,
   pour la petite-fille de la
reine.
   Et c'était très beau,
   et les femmes ont dansé
jusqu'au matin. —
   Et j'y étais aussi ;
   j'avais sur la tête une couronne de plumes d'oiseau, —
   mais mon cœur était bien
triste...
Et maintenant, la reine
Pomaré et les siens,
   et sa petite-fille Pomaré,

   et Ariitéa,
   te disent : ia ora na.
Jamais rien de nouveau
à Tahiti,
   excepté que,
   le Ariifaite le mari de la
reine,
   est mort au six du mois
d'août...

. . . .
. . . .

Jamais plus ne sera sa-
tisfait mon grand amour
pour toi, mon époux !...

Hélas ! Hélas ! la petite
fleur d'arum est aussi fanée
maintenant !...

Ia mua ta iho te tiare iti
tarona menchenehe!....

I teienei ua mahehea,
    aita   merahi   menche-
nehe!...

Ahiri tou e pere rau manu,
    e reva vau maoro i nia i te
tara no Paea,
    ei aore te hoe iti ae e hio
ia ù...
    Aue! Aue! e tau tane
here e, e tau taio aroha
rahi!..
    Aue! Aue! hoi taua iti
e !...

Tirara parau.
Ia ora na oe i te Atua
mau.

                Na Rarahu.

Avant de devenir ainsi,
la petite fleur d'arum était
jolie !. .
    Maintenant elle est fanée,
elle n'est plus jolie!...

Si j'avais l'aile de l'oiseau,
je partirais au loin sur le
sommet de Paea,
    pour que personne ne
me puisse plus voir...
    Hélas ! Hélas ! ô mon
époux chéri, ô mon ami
tendrement aimé !...
    Hélas ! Hélas ! mon ami
chéri !...

J'ai fini de te parler.
Je te salue par le vrai
Dieu.

                Rarahu

VI

JOURNAL DE LOTI.

Londres, 20 février 1875.

Je passais à neuf heures du soir dans Regent
street. — La nuit était froide et brumeuse ; —
des milliers de becs de gaz éclairaient la fourmi-
lière humaine, la foule noire et mouillée.

Derrière moi une voix cria : « Ia ora na, Loti ! »

Je me retournai bien surpris, et reconnus mon ami Georges T., — celui que les Tahitiens appelaient Tatchau, et que j'avais laissé à Papeete où il avait résolu de finir ses jours

VII

Quand nous fûmes confortablement assis au coin du feu, nous nous mîmes à causer de l'île délicieuse.

— « Rarahu..., dit-il avec un certain embarras, — oui, elle était, je crois, bien portante quand j'ai quitté le pays ; il est probable même que si j'avais pris congé d'elle, elle m'aurait donné des commissions pour vous.

» Comme vous le savez, elle avait quitté Papeete en même temps que vous-même, et on disait dans le pays : Loti et Rarahu n'ont pas pu se séparer ; ils sont partis ensemble pour l'Europe.

» Je savais seul qu'elle était chez son amie Tiahoui, moi qui recevais de Papéuriri ses lettres, avec cette aimable suscription : *à Tatehau OEil-de rat, pour remettre à Loti.*

» Lorsqu'elle reparut à Papeete, six ou huit mois après, elle était plus jolie que jamais ; elle était plus femme aussi, et plus formée. — Sa grande tristesse lui donnait un charme de plus ; elle avait la grâce d'une élégie.

» Elle devint la maîtresse d'un jeune officier français, qui eut pour elle une passion qui n'était pas ordinaire. — Il était jaloux même de votre souvenir. (On l'appelait encore : *la petite femme de Loti.*) — Il lui avait fait le serment de l'emmener en France avec lui.

» Cela dura deux ou trois mois, pendant lesquels elle fut la plus élégante et la plus remarquée des femmes de Papeete.

» Au bout de ce temps-là, il se produisit chez la reine un événement depuis longtemps prévu ; la petite Pomaré V s'éteignit une belle nuit, — peu de jours après une grande fête qu'on avait donnée pour la distraire, et dont elle avait elle-même arrêté le programme.

» La vieille reine, par parenthèse, fut tellement accablée par cette dernière et suprême douleur, que sans doute elle n'y survivra guère [1]. Elle s'est retirée pour le moment dans une case isolée, bâtie auprès du tombeau de sa petite-fille, et ne veut plus voir âme qui vive.

» Rarahu observa dans cette circonstance la même coutume que les suivantes de la cour ; en signe de deuil, elle fit couper tout ras ses admirables cheveux noirs.

» La reine lui en sut gré, mais ce fut le sujet d'une querelle entre elle et son amant, — et comme elle ne l'aimait guère, elle profita de l'occasion pour le quitter.

» Je voudrais pouvoir vous dire qu'elle est retournée à Papéouriri auprès de son amie. — Mais, malheureusement, la pauvre petite est restée à Papeete, où je crois qu'elle mène aujourd'hui une vie absolument déréglée et folle. »

VIII

NOTE DE PLUMKET.

A partir de cette époque on ne trouve plus que

---

1. La reine Pomaré est morte en 1877, laissant le trône à son second fils Ariiaue. Elle avait survécu environ deux ans à sa petite-fille. — On peut considérer qu'à dater de ce jour commence la fin de Tahiti, au point de vue des coutumes, de la couleur locale, du charme et de l'étrangeté.

de loin en loin dans le journal de Loti quelques
traces de souvenirs conservés au fond de son
cœur pour la lointaine Polynésie ; — dans sa mémoire, l'image de Rarahu s'éloigne et s'efface.

Ces fragments sont mêlés aux aventures d'une
vie enfiévrée et légèrement excentrique, qui se
déroulent un peu partout, — en Afrique princi-
palement, — et plus tard en Italie.

FRAGMENTS DU JOURNAL DE LOTI.

Sierra-Leone, mars 1875.

O ma bien-aimée petite amie, nous retrouve-
rons-nous jamais là-bas, — dans notre chère
île, — assis le soir sur les plages de corail ?...
. . . .

Bobdiarah (Sénégambie), octobre 1875.

C'est la saison des grandes pluies, *là-bas*, —
la saison où la terre est couverte de fleurs roses,
semblables à nos perce-neige d'Angleterre ; —
les mousses sont humides, les forêts pleines
d'eau.

Le soleil se couche ici, terne et sanglant, sur les solitudes de sable. Il est trois heures du matin *là-bas*, il fait nuit noire; les toupapahous rôdent dans les bois...

Deux années ont passé déjà sur ces souvenirs, et j'aime ce pays comme aux premiers jours.; — l'impression persiste, comme celle de Brigth-bury, celle de la patrie, — quand tant d'autres se sont effacées depuis.

Au pied des grands arbres, ma case enfouie dans la verdure, — et ma petite amie sauvage!... Mon Dieu, ne les reverrai-je jamais, — n'entendrai-je plus jamais le vivo plaintif, le soir, sous les cocotiers des plages ? . . . .

: . . , ...

Southampton, mars 1876.

(Journal de Loti).

... Tahiti, Bora-Bora, l'Océanie, — que c'est loin tout cela, mon Dieu!

Y reviendrai-je jamais, — et qu'y trouverai-je à présent, — sinon les désenchantements amers, et les regrets poignants du passé!... Je pleure, en songeant au charme perdu de ces premières années, — à ce charme qu'aucune puissance ne peut

17

plus me rendre, — à tout cela que je n'ai même pas le pouvoir de fixer sur mon papier, et qui déjà s'obscurcit et s'efface dans mon souvenir.

Hélas! où est-elle notre vie tahitienne, — les fêtes de la reine, — les *himéné* au clair de lune? — Rarahu, Ariitéa, Taïmaha, — où sont-elles toutes?... La terrible nuit de Moorea, toutes mes émotions, tous mes rêves d'autrefois, où est-ce tout cela?... — Où est ce bien-aimé frère John, qui partageait avec moi ces premières impressions de jeunesse, vibrantes, étranges, enchanteresses?...

Ces parfums ambrés des gardénias, — ce bruit du grand vent sur les récifs de corail, — cette ombre mystérieuse, et ces voix rauques qui parlaient la nuit, ce grand vent qui passait partout dans l'obscurité... Où est tout le charme indéfinissable de ce pays, toute la fraîcheur de nos impressions partagées, de nos joies à deux?...

Hélas, il y a pour moi comme un attrait navrant à repasser ces souvenirs, que le temps emporte, quand, par hasard, quelque chose les éveille, — une page écrite là-bas, — une plante séchée, — un reva-reva, — un parfum tahitien gardé encore par de pauvres couronnes de fleurs qui s'en vont en poussière, — ou un mot de cette langue triste et douce, la langue de *là-bas* que déjà j'oublie.

Ici, à Southampton, vie d'escadre, vie de restaurants et d'estaminets, — logis de hasard, camarades de hasard ; — on se réunit on ne sait pourquoi, on s'étourdit comme on peut...

J'ai bien changé depuis deux années, et je ne me reconnais plus quand je regarde en arrière. — A corps perdu je me suis jeté dans une vie de plaisirs et de folies; c'est là, il me semble, la seule façon logique de prendre une existence que je n'avais pas demandée, — et dont le but et la fin sont pour moi des problèmes insolubles...

.   .   .   .

IX

Ile de Malte, 2 mai 1876.

Nous étions une quarantaine d'officiers de la marine de S. M. Britannique réunis dans un café de la Valette, à l'île de Malte.

Notre escadre faisait une courte halte dans ce port, en se rendant dans le Levant où on venait de massacrer les consuls de France et d'Allemagne, et où de graves événements semblaient se préparer.

J'avais rencontré dans cette foule un officier qui, lui aussi, avait vécu en Océanie, — et nous nous étions isolés pour causer ensemble de nos souvenirs tahitiens.

X

— « Vous parliez de la petite Rarahu de Bora-Bora, dit en se rapprochant de nous le lieutenant Benson, qui avait vu Tahiti depuis nous deux.

» Elle était tombée bien bas, les derniers temps, — mais c'était une singulière petite fille.

» Toujours des couronnes de fleurs fraîches sur une figure de petite morte. Elle n'avait plus de gîte à la fin, et traînait avec elle un vieux chat infirme qui portait des boucles d'oreilles et qu'elle aimait tendrement. Ce chat la suivait partout avec des miaulements lamentables.

» Elle allait souvent se coucher chez la reine qui malgré tout avait conservé pour elle une pitié et une bienveillance extrêmes.

» Tous les matelots du « Sea-Mew » l'aimaient beaucoup, bien qu'elle fut devenue décharnée. —

Elle, — elle les voulait tous, tous ceux qui étaient un peu beaux.

» Elle se mourait de la poitrine, et comme elle s'était mise à boire de l'eau-de-vie, son mal allait très vite.

» Un beau jour, — (c'était en novembre 1875, elle pouvait avoir 18 ans) — on apprit qu'elle était partie, avec son chat infirme, pour son île de Bora-Bora, où elle s'en était allée mourir, et où, paraît-il, elle ne vécut que quelques jours. »

. . . .

XI

Je sentis qu'un froid mortel me montait au cœur. Un voile passa devant mes yeux...

Ma pauvre petite amie sauvage !... Souvent en m'éveillant la nuit je la revoyais encore ; — malgré tout, je retrouvais son image, avec je ne sais quelle douceur triste, quelle espérance vague, avec je ne sais quelles idées de pardon et de rédemption, — et tout était fini dans la fange, dans l'abîme de l'éternel néant !...

Je sentis qu'un froid mortel me montait au cœur. — Un voile passa devant mes yeux... Et je restai

17.

là, impassible, — et nous continuâmes à causer de nos souvenirs d'Océanie.

Et moi aussi, à la lumière gaie des lampes reflétées par les glaces, au bruit joyeux des conversations, des rires, des toasts britanniques et des verres entrechoqués, — je participais au concert général des banalités et des inepties; comme eux, je disais d'un ton dégagé :

— « C'est un beau pays que l'Océanie ; — de belles créatures, les tahitiennes; — pas de régularité grecque dans les traits, mais une beauté originale qui plaît plus encore, et des formes antiques... Au fond, des femmes incomplètes qu'on aime à l'égal des beaux fruits, de l'eau fraîche et des belles fleurs.

» J'ai vu Tahiti trop délicieuse et trop étrange, à travers le prisme enchanteur de mon extrême jeunesse... En somme, un charmant pays quand on a vingt ans; mais on s'en lasse vite, et le mieux est peut-être de ne pas y revenir à trente. »

.   .   .   .

XII

...Mais là nuit, quand je me retrouvai seul dans

le silence et l'obscurité, un rêve sombre s'appe-
santit sur moi, une vision sinistre qui ne venait ni
de la veille ni du sommeil, — un de ces fantômes
qui replient leurs ailes de chauves-souris au
chevet des malades, ou viennent s'asseoir sur les
poitrines haletantes des criminels. .   .   .   .

.   .   .   .

NATUAEA

(*Vision confuse de la nuit*)

... Là-bas, *en dessous*, bien loin de l'Europe,...
le grand morne de Bora-Bora dressait sa silhouette
effrayante, dans le ciel gris et crépusculaire des
rêves...

... J'arrivais, porté par un navire noir, qui
glissait sans bruit sur la mer inerte, qu'aucun
vent ne poussait et qui marchait toujours... Tout
près, tout près de la terre, sous des masses
noires qui semblaient de grands arbres, le navire
toucha la plage de corail et s'arrêta... Il faisait
nuit, et je restai là immobile, attendant le jour,
— les yeux fixés sur la terre, avec une indéfinissable horreur.

... Enfin le soleil se leva, un large soleil si pâle, si pâle, qu'on eût dit un signe du ciel annonçant aux hommes la consommation des temps, un sinistre météore précurseur du chaos final, un grand soleil mort.....

Bora-Bora s'éclaira de lueurs blêmes ; alors je distinguai des formes humaines assises qui semblaient m'attendre, et je descendis sur la plage.....

Parmi les troncs des cocotiers, sous la haute et triste colonnade grise, des femmes étaient accroupies par terre, la tête dans leurs mains comme pour les veillées funèbres ; elles semblaient être là depuis un temps indéfini,... leurs longs cheveux les couvraient presque entièrement, elles étaient immobiles ; leurs yeux étaient fermés, mais à travers leurs paupières transparentes, je distinguais leurs prunelles fixées sur moi.....

Au milieu d'elles, une forme humaine, blanche et rigide, étendue sur un lit de pandanus.....

Je m'approchai de ce fantôme endormi, je me penchai sur le visage mort,... Rarahu se mit à rire.....

A ce rire de fantôme, le soleil s'éteignit dans le ciel, et je me retrouvai dans l'obscurité.

Alors un grand souffle terrible passa dans l'atmosphère, et je perçus confusément des choses horribles :... les grands cocotiers se tordant sous l'effort de brises mystérieuses, — des spectres tatoués accroupis à leur ombre, — les cimetières maoris et la terre de là-bas qui rougit les ossements, — d'étranges bruits de la mer et du corail, les crabes bleus amis des cadavres, grouillant dans l'obscurité, — et au milieu d'eux, Rarahu étendue, son corps d'enfant enveloppé dans ses longs cheveux noirs, — Rarahu, les yeux vides, et riant du rire éternel, du rire figé des Toupapahous.....

« *O mon cher petit ami, ô ma fleur parfumée du*
» *soir! mon mal est grand dans mon cœur de ne plus*
» *te voir! ô mon étoile du matin, mes yeux se fon-*
» *dent dans les pleurs de ce que tu ne reviens plus!...*
    » *Je te salue par le vrai Dieu, dans la foi chré-*
» *tienne.*

» *Ta petite amie,*

» *RARAHU.* »

FIN.

Paris. — Charles Unsinger. imprimeur. 83, rue du Bac.

www.ingramcontent.com/pod-product-compliance
Lightning Source LLC
Chambersburg PA
CBHW071858020726
47502CB00003B/800